ことばの木もれ日

三枝昻之

山梨日日新聞社

ことばの木もれ日——目次

令和二（二〇二〇）年

下駄はきて　横町の父のなき子も……　村岡花子　9
深空あり　白梅のあと……　飯田龍太　12
大川小の壁画　……「雨」と「風」……　今野寿美　16
咲く力　一本を……　三枝昂之　20
試される日々　いかに堪へ……　佐佐木信綱　24
最初の風景　……死んでも、魂は、……　長田弘　28
平和の詩　……鎮魂歌よ届け。……　相良倫子　32
いい人太宰　……こんどいちどだけは、……　太宰治　37
遠蟬　天寿おほむね……　飯田龍太　42
望月百合子　限りなき空の蒼あり……　望月百合子　46
方代さん　あかあかと……　山崎方代　51
天目　唐黍を……　三枝清浩　56

令和三（二〇二一）年

若水　にひとしの……　柳田國男　63
ユーモア　ユーモアがあるのは……　北杜夫　68
3月9日　十代の出会いとわかれ……　三枝浩樹　72
神代に似たり　鳥の声水の響に……　佐佐木信綱　77
一葉　……たはぶれに世を……　樋口一葉　82
一葉と晶子　春みじかし……　与謝野晶子　86
子規　いたつきの……　正岡子規　90
灯った窓　……心が静かに……　辻村深月　94
林みよ治　一人子を……　林みよ治　98
歌の徳　哀楽を……　三枝昂之　103
出会い　春日野の……　壬生忠岑　107
戦争というもの　「沖縄県民斯ク戦ヘリ」……　三枝昂之　112

年賀状　誰もいないがみんな来ている……　三枝昂之　116

令和四（二〇二二）年

歌会始　窓を拭く……　伊藤奈々　123
一呼吸の豊かさ　咲き継いで……　雨宮更聞　128
ひまわり　……何度聴いても……　土井絵理　133
折々の歌　詠わずにいられぬ……　坂本初美　137
村上春樹　さまざまな契機を……　三枝昂之　141
行きつけ　よきシェフは……　三枝昂之　145
小川正子　幼さなだちは……　小川正子　150
帰還兵士　こゑひくき……　斎藤茂吉　155
法然院　われを呼ぶ……　河野裕子　159
いい着物を――　一葉の歌おもむろに……　今野寿美　164

後鳥羽院　限あれば……　後鳥羽上皇　169
空にあずける　歳晩のあけぼのすぎを……　三枝昂之　174
厄災の日々のなかのもの想い――あとがきに代えて　180

カバー・本文写真◉三枝昂之、山梨日日新聞社

令和二（二〇二〇）年

下駄はきて　横町の父のなき子も……　村岡花子

年齢が一つ加わるのは今は誕生日だが、数え年でカウントする昔は元日だった。丸い餅を食べて新しい生命力をもらって。お年玉の年玉はその丸餅のこととも言われる。数えか満か、一長一短だが、胎教にはモーツァルトがいいとよく言われるように、母親の胎内で命を育みはじめたときからが生のはじまりという考えもあり、広瀬直人「享年は数へをよしと南風吹く」など歌人俳人には数え年尊重派が少なくない。

石川啄木は明治三十七（一九〇四）年の日記を「年はまた新らしくなれり。手に希望と栄光との花束を携へて新世の幸なす初日の光は眩く地上に舞ひ来れり。かくて我は十有九才の源頭に立ちぬ」と始めている。年齢も一つ加わって二倍三倍の元日のめでたさを全身で受け止めたこのとき、啄木は数え年十九歳だった。

若水を汲み、晴れ着を着て、家族揃ってお屠蘇を飲み、一年を始める。やはり元日は特別の晴れの日、そんな新年の迎え方が昭和二十年代の甲府にはごく普通に広がっていた。私が育った桜町は商店街だったから前日の大晦日までは福引き場も設けて歳末セールで賑わったが元日には一変、どこか神々しい晴れやかさとなったから不思議なものだ。

横町の父のなき子も
下駄はきて遊びに出づる
初春なれば

村岡花子

この歌にはそんな遠い日の新年が息づいている。隣近所が近しい横町にどこか籠もりがちな家があり、しかしその子も誘われるように遊びの輪に加わる。「初春なれば」が効果的で新年の晴れやかさならではだろう。

この歌では下駄も大切かもしれない。過日のある短歌講座に「履き物」という課題を出したら受講生の一人が「村立の国民学校へ通ひたり裸足か藁の草履をはいて」と詠み、「当時は私もみんなもほとんど裸足でした」と説明したことを思い出す。桜町の「はまだ履物店」に並んだ彩りがよみがえり、まだ下駄が晴れの履き物だった時代も見えてくる。

歌は大正三（一九一四）年三月八日から五月十五日までの詠草集「ひなげし」から。山梨英和に赴任した年でもある。花子は自我の濃厚な与謝野晶子の影響から出発、のちに暮らしを素直に詠って彼女が「記録短歌」と呼ぶ領域に着地した。そうした変化の曲がり角を担う世界として「ひなげし」は歌人花子を考えるときに不可欠の資料でもある。

歌の三行書きには啄木の影響がある。啄木は明治四十五年四月に亡くなったが大正二年に『一握の砂』と『悲しき玩具』の合冊が出て啄木人気が広がった。「ひなげし」にはこうした時代の動きが反映している。花子は新しい動きの吸収に熱心だったわけだ。

月に一度、故郷山梨のみなさんに語りかける機会をいただくことになった。詩歌の奥深さを、そして言葉の魅力の一端をお伝えできればと考えている。お付き合いください。

深空あり　白梅のあと……　飯田龍太

きさらぎ。声に出すとりんりんと澄み切った大気を感じる。一月の睦月、三月の弥生と比べても、二月の如月はその音感の歯切れのよさが際立つ。

きさらぎの語源には多くの説があるが、よく知られているのは、寒さのために衣を重ねる頃だから衣更着、陽気が広がる時節だから気更来。立春の頃はまだ寒さの底、季節は少しずつ春へ動くが、寒さは厳しい。そんな微妙な季節が飯田龍太の俳句を呼び寄せる。

白梅のあと紅梅の深空あり　　龍太

白梅が散り、紅梅が開く。地上のそのドラマを青空が抱きとめる。梅の紅白が空の青さ深さをひときわ鮮やかなものにして、4K、いやいや8K映像の克明さ。うーん、見事だ、と思わず洩れる。場所は示されていないが、余剰なきその青さ深さには、やはり山国甲斐の早春がふさわしい。『山の木』所収。

歳時記では梅は春の季語だがこの句が伝えるのは「春隣り」に近い早春、「春は名のみ」の冷たく澄んだ天地《あめつち》だろう。「好きな季節は、と訊かれると、私はいつも早春、と答えてきた」(「その日そのとき」・『飯田龍太全集』第四巻)と龍太は語ってもいる。

掲出句から連想するのはリルケ研究でも知られた歌人高安国世の最終歌集が『光の春』だったことである。その巻末歌「松の葉の光に会えり今年また冷たき風に春近づきて」には命への祈りを一歩春に近づく光に託そうとする心が滲む。このとき国世は大病から生還した直後だった。その祈りがタイトルの「光の春」にも反映されている。

ロシアの厳しい冬が終わりに近づき、空が明るさを帯びる季節を彼の地の人々は「光の春」と呼ぶ。北国ならではのその言葉が日本でも愛され、二月立春からのしばしを指す。

龍太の余剰なき空の青さ深さ、そして国世の命への祈りの光の春。それは俳句と短歌の違いを示唆しているようにも感じる。

改めて思うに、二月は空や大地だけでなく人々の暮らしにも変化の多い季節だ。龍太は言う。「歌人や俳人にとって、二月は、ゆかりの忌日の特別多い月である」（『甲斐の四季』）と。河東碧梧桐、長塚節、木下利玄、内藤鳴雪、斎藤茂吉と挙げてゆくが、その茂吉の忌日二月二十五日は後に龍太の忌日にもなった。山廬に咲いて葬儀を彩った辛夷の白さが忘れられない。

一方、二月は人生の新しい一歩への月でもある。山梨の入試は一月からのようだが東京や神奈川では二月が入試本番、中学入試から始まり高校入試、全国の国公立大学前期試験と続く。一点集中してトライする受験生へのエールを込めて私は「しずかなる全力ありて咲き初むるまず紅梅の二輪三輪」と詠ったことがある。龍太が愛した色鮮やかな鹿児島紅梅もきっと励ましている。

もろもろ動く二月だが、まず若者たちにエールを送りたい。

大川小の壁画

……「雨」と「風」……　今野寿美

あの日の午後、私はＪＲ五反田駅近くの日本歌人クラブ事務所にいた。資料を確認していると突然激しい揺れが襲い、揺れが増し、思わず屈んで机の脚につかまって耐えた。平成二十三（二〇一一）年三月十一日午後二時四十六分、東日本大震災が発生、揺れが鎮まって駅前に出るとＪＲも私鉄もストップ、人が溢れ、バスやタクシーを待つ列が遠くまで続いていた。

その頃、遠く宮城県石巻市の大川小学校児童たちは校庭に整列を始めた。学校は北上川河口から四キロ離れていた。二時五十二分大津波警報発令。校庭待機が続き、三時三十六分北上川近くの三角地帯と呼ばれる高台へ移動を開始、直後に大津波が襲い、児童七十四名と教職員十名が犠牲になった。大川小を襲った津波の高さは八・六メートルだった。

山梨県立文学館で昨秋の「宮沢賢治展」が企画されたとき、私は二つのプランを考えた。賢治がいかに広く愛されてきたかを示すために、松本零士氏「銀河鉄道９９９」と大川小学校「壁画」の展示である。担当学芸員は賢治受容史としても大切と賛成してくれた。

大川小学校校庭と野外ステージを区切るコンクリート製の壁があり、そこを代々の卒業制作の壁画が彩ってきた。その最後の壁画が平成十三年度卒業制作の星空を走る銀河鉄道だった。右隅には「雨ニモマケズ」「風ニモマケズ」とくっきりと書かれた。

仙台の歌人佐藤通雅氏編集「路上」１４０号（二〇一八／三）で私はその壁画の震災後の写真を見て、衝撃を受けた。壁画は右上部が津波にさらわれ「雨」と「風」が欠けていた。それだけに、残った星空の銀河鉄道と黄色に灯る車窓の明るさが際立った。

壁画をパネルにし、制作に関わった当事者に取材して展示に生かすこと。二点を私は予定したが、諸事情があり後者は断念した。

文学館の展示パネルとなった壁画への反応はさまざまだろうが、パネルと長く向き合っていた一人の歌人は次のように詠った。

石巻・大川小の壁画

八年前大川小の壁画から津波がさらつていつた「雨」と「風」　今野寿美

「ニモマケズ」「ニモマケズ」とあり囓られた右肩にワイヤー剝き出し　同

どちらも描写に徹した叙述だが、その切り取り方からは心を返す術の見つからない痛切と、そして、不屈への静かに強い願いが伝わってくる。「りとむ」令和二（二〇二〇）年一月号から。

熱中症が危惧される昨年夏の昼、毎日新聞社石巻通信部の百武信幸記者に導かれて展示のため現地に立った私は、なぜ児童たちは校庭脇の裏山に避難しなかったのか、と疑問を禁じ得なかった。走れば一分、徒歩でも二分と言われ、私が壁画からゆっくり上ってテラス状に設けられた広場まで八分ほどだった。

あまりにも悲惨な結果を知っている者は誰でも「なぜ」と考える。しかし渦中の教員は裏山も視野に入れながら、よりよいルートを手探りし、選んだに違いない。そのときの迷いと苦悩が私たちを棒立ちにさせる。

今も私には賢治と児童たちの声が聞こえてくる。「ニモマケズ」「ニモマケズ」と。

咲く力

一本を……　三枝昂之

一昨年のことだが、日本詩文書作家協会から創立45周年記念特別企画の提案が日本歌人クラブにあった。この団体はかなや漢文などの枠を超えて時代に相応しい書を求める書家の団体だが、その記念事業として歌人との共同制作を企画したわけだ。この年は歌人クラブにとっても創立70周年の節目、好都合なイベントとなった。七十人近い歌人が自作を五首程度、私は三首提出、その中に次の歌を入れた。

一本を咲かせる力咲く力根を抱く力根を張る力　　昂之

イメージしたのは桜の巨樹である。枝が蕾を育み、蕾がみずから花となる。そして大地が根をがっしりと抱きとめ、根はむんずと大地をつかまえる。

歳月を遠く湛えたものだけが持つ巨樹のあの圧倒的な存在感。言葉を引き寄せながら眼裏に聳えたのは、多分、二度対面した北杜市実相寺の神代桜だったのではないか。樹の渾身、花の渾身、そして大地の渾身、三つが一つになったとき二千年の時空にも動じぬあの姿となった。そう感じる。

この歌を協会常任顧問の中野北溟氏が書にしてくださった。「博大極まるこの歌。私を包み私をより深いところへと導く。私は歌の巨大な時空を己のものに、と。筆をば」とパンフレットに添えながら。

銀座の展示会場でこの書と対面したとき私はその迫力に圧倒された。「巨大な時空」は歌のものではなく、紛れもなく眼前の書のものだった。書の力をそのとき深く実感した。

中野氏の号・北溟は北の海の意で、大正十二（一九二三）年に生まれた北海道焼尻島の海からの命名。書家として注目されて上京を勧められても、北に根をおろし、今も精力的な活動を続けている。柴橋伴夫『海のアリア―中野北溟』という伝記がそう教えている。

レセプションで挨拶を交わした北溟先生との交流がそれから始まり、札幌の仕事場にも

北杜・実相寺の山高神代桜

お邪魔した。記念にと例の書をいただいたがわが家には大きすぎる。思案の末、別の場所に飾ってもらっている。人と、そして作品と出会うことの大切さに感謝しながら。

人はなぜ詩を書き、歌を詠むのだろうか。

多くの見解があるが、私の学んだ一つが佐佐木信綱の「歌のもとゐは、めづる心である」(「奮奮録」)だ。「あらゆる感動のうちで、物をめづる心は最も切実」と続け、もろもろを愛でる心こそ歌の原点と説く。

敗戦後、GHQの伝統文化否定の政策によって短歌が存亡の危機に追い込まれた昭和二十二(一九四七)年に信綱はこう説いた。歌の原点に戻ろう、戻って歌の再建を手探りしようというそのマクロな視点は、時代の困難に負けない巨樹の存在感に近いと思わせる。

短歌は暮らしの機微を掬い上げるのが得意な文芸だが、それだけではなく、樹齢二千年の巨樹に言葉を返しながら、歌の原点の愛づる心に思いを広げる。そんなチャレンジも歌の、そして文芸の大事ではないか。

試される日々

いかに堪へ……　佐佐木信綱

最寄りの小田急線新百合ヶ丘の駅前に行ったら、書店に長い列ができていて驚いた。外出を控えた読書が増えているという。大学時代の私が愛読したカミュの『ペスト』が急に売れ出し版元の新潮社が急遽増刷、百万部を超えたと新聞にあったことも思い出す。『ペスト』はカミュの故郷アルジェリアのオランがペストに襲われ、目に見えない細菌との困難な戦いに挑む人々の物語だが、リウーという医師の悪戦苦闘が強く印象に残る。

この小説の出版は一九四七年。最初の構想は第二次世界大戦開始二年後の四一年と記憶している。時代背景からペストは戦争の比喩といわれ、カミュもそう示唆している。一九五七年にノーベル文学賞を受賞した。

閉鎖空間で見えない敵とどう戦い、どう生きるか。新型コロナウイルス感染症の広がりが止まらない今回に近い状況が『ペスト』への関心となったのだろう。七十年以上前の作品ではあるが、文学の力を改めて教えているともいえる。

カミュは私の思想的な側面にもっとも影響を与えた作家で、私の歌集『世界をのぞむ家』の表題はアルジェの丘にあったカミュの家の名から。彼自身がそう呼んでいたのである。

いまの私はといえば、家籠もりの日々である。三月の予定は山梨県立文学館以外はすべてキャンセルになり、四月も五月も予定表は取り消しの斜線ばかり。早稲田大学とＮＨＫ文化センターの短歌講座は春学期中止、一年延期となったシンポジウムもある。

東京は日一日と状況が悪化し、気になる山梨もやはり懸念が増している。文学館への登館も自粛せざるを得ず、打ち合わせはメールで行っているが、館員の奮闘が心強い。

今の事態はとても難しい。自分が無自覚に感染していれば迷惑を広げるし、逆の可能性もあり、かかりつけの医院に行くのもためらわれる。メディアは「高齢者で持病持ちは特に注意」とくり返し、七十六歳の私は高血圧の薬が欠かせない。こうした条件が重なって多摩丘陵に家籠りの日々なのである。

敗戦直前の甲府空襲のように焼夷弾は降ってこないが、これは見えない敵との戦争だろう。その思いの中に浮かんでくる歌がある。

いかに堪へいかさまにふるひたつべきと試《こころみ》の日は我らにぞこし　佐佐木信綱

どう堪えるべきか、どのように奮い立つべきか。試される日が私たちにきた。信綱を襲ったのは戦争ではない。大正十二（一九二三）年の関東大震災である。このとき心血を注いで印刷まで終わった直後の校本万葉集本文二十冊を火災で失い、信綱は脳貧血で倒れた。「まざまざと天変地異を見るものか斯くすさまじき日にあふものか」とも詠っている。

戦争や大震災と事態は違うが、今が試みの日々である点は同じだ。その渦中にあって、私たち一人一人が試されている。

多くの機会を見送らざるを得ないマイナスは、しかし、マイナスばかりではない。そう思いたい。この機会に自分の暮らしを見つめ直す人は多いのではないか。人々が書店に並ぶ風景はその一端と私には見える。

カミュと信綱については新潮社のＰＲ誌「波」への寄稿でも触れている。月々の連載とスポット原稿には中止も延期もないが、それを済ませても今はまだ時間に余裕がある。ここ十年ほどではじめてのことだ。そこで自問した。どう生きたいのか、本当はなにをしたいのか、と。そして、着手したまま諦めていた書き下ろしを再開した。ゴールが見えるかどうかわからないが、夕方のウォーキングの度に花から芽吹きへ、そしてやわらかな緑へ、日々変化する丘陵の樹々の営みに励まされながら少しずつ書きすすめている。

〈追記〉
書き下ろしは佐佐木信綱論、令和五年一月脱稿、夏に刊行予定。

最初の風景

……死んでも、魂は、……　長田弘

朝七時、昼十二時、夜は十九時。計ったように連れ合いの今野寿美と食卓を囲む日々が続く。多摩丘陵の家籠もりがもう三カ月にもなるが、暮らしは単調でも退屈ではない。どんな単調にも同じ単調はないから。

先日夜の食卓の会話が思いがけない方向に広がったのも、その単調の副産物だろう。まず鎌倉女学院に勤める知人の仕事を今野が話題にした。そこで私が思い出したのが明治四十三（一九一〇）年の逗子開成中学生徒の鎌倉七里ヶ浜沖遭難事件。当時の姉妹校鎌倉女学校の教師が急遽作詞し、慰霊祭で女生徒が合唱したのが「真白き富士の根」だった。エピソードを含めてことの顚末を『夏は来ぬ』という詩歌鑑賞本で紹介したからよく覚えている。

ここまではごく自然な流れだが、その遭難から意外な話に広がった。今野の高校時代の同級生が大学入学後に山で遭難死、実は最初の喫茶店デートがその彼だった、とドラマめいた展開になったのである。五十年後の同窓会でそのことをそっと打ち明けたら、級友が「もう会えないかも知れないんだから」とお互いを鼓舞、みんな勇気を振り絞ったんだ、と教えてくれたそうだ。卒業間際の青春の背景が五十年後に見えたわけである。

最初はやはり喫茶店だよねと懐かしがり、ではあなたはとなって、時間を巻き戻すと、山梨大学附属中の同級生が蘇ってきた。

卒業の半年後ぐらいだったか、少し早い同窓会が開かれた。会場は当時中心街にあった朗月堂という書店の西隣、東電の施設だったと思う。会が終わって私は「あした会おうか」と彼女を誘い、翌日の喫茶店デートとなった。場所も会話も覚えていないが、彼女の「もう一軒」で喫茶店のはしごとなった。

悪くない最初のはずなのに、なぜかそれきりだった。私は東京の高校に進学していて、帰郷するたびに会う女友達がいるなんて結構いい青春じゃないかと惜しい気持ちが今になってするが、憂鬱派だった高校生の私には似合わない物語だった。彼女のその後のことはわからないし、わからなくていい。人生は分かれ道ばかりの一本道だから。思いがけない形でお互いの拙い最初が蘇るのも家籠もりの日々だからこそ、だろう。そして、傍らに人がいることの大切さも思う。

一本の蠟燭を囲んで、男が三人、もういない幼なじみのことを話していた。長田弘の「ONE」はこう始まる。ことばが極端に少なかったO。亡くなったことさえ知られなかったN。死んだのに向こうを向いて立っているE。そして、話は次のように結ばれる。

死んでも、魂は、どこかにのこっていて、ああ、そこにいるとはっきり感じる瞬間がある。生きてるんだ、死者は、後ろ姿だけで。

これを収録した新刊の『誰も気づかなかった』が今年五月五日に届いた。もう長田氏は五年前に亡くなっているのに。版元のみすず書房からの謹呈だから、著者生前の謹呈リストを版元が大切に生かしたのだろう。

長田氏が早大卒業の翌年に私は入学、すれ違いだったが、『われら新鮮な旅人』は私たちの憧れの第一詩集だった。のちに交流が生まれ、山梨県立文学館の館報にも寄稿していただいたが、もうぎりぎりの生命力、気力を振り絞った執筆だったことを分量が示していた。事情を知らないままの依頼が悔やまれる。

それでも長田氏の魂を私ははっきり感じることができる。生きているんだ、長田氏は、そして、今野の最初の喫茶店デートの彼は。

平和の詩

……鎮魂歌よ届け。……　相良倫子

沖縄慰霊の日の六月二十三日にはいろいろ考えさせられることがある。その一つが政治の言葉と詩の言葉の違いである。乱暴に言うと、政治の言葉は口先だけ、詩の言葉は心の芯から、である。若い世代によって毎年朗読される「平和の詩」に耳を傾けながら、今年もそのことを改めて感じた。

「平和の詩」は沖縄県内の児童生徒から募集、今年は一一一九作品から県立首里高校三年生高良朱香音《たからあかね》さんの「あなたがあの時」が選ばれ、沖縄全戦没者追悼式で本人が朗読した。住民が避難した糸満市の暗い壕を訪れた体験から沖縄戦を呼び戻して、詩は語る。

あなたがまだ一人で歩けなかったあの時

あなたの兄は人を殺すことを習った
あなたの姉は学校へ行けなくなった

あなたが走れるようになったあの時
あなたが駆け回るはずだった野原は
真っ赤っか　友だちなんて誰もいない

詩の中のあなたは特定の誰かではないようだ。戦争を生き延びたあなたの努力のおかげで私は今ここにいる、と高良さんは感謝を伝えたかったと語っている。悲惨な暗闇の中で「あなたが見つめた希望の光」を「私は消さない　消させない」と誓って、今に続く沖縄の苛酷な現実を詩は浮き彫りにする。

その日、安倍首相は「基地の負担軽減に全力を尽くす」と、いつものありきたりを繰り返している。高良さんは心を揺さぶるのに、人々はなぜ首相には立ち止まらないのか。口先で済ましているからだ。「辺野古が唯一の解決策」と滑らかな口調でうそぶくからだ。

首相だけを批判しているのではない。沖縄県の面積は山梨県の半分しかない。その狭さが日本の米軍基地の七十パーセントを背負わされている。理不尽なこの現実を前に普天間基地の移転先は「少なくとも県外」とごく正直な反応を示すとさまざまな政治力学が競って押し潰し、あるいは火の粉を避けるために沈黙する。だから政治の言葉は「辺野古が唯一の解決策」とうそぶいて居直る他ない。

那覇空港を出たモノレールがほどなく着く小禄《おろく》一帯も激戦地だった。指揮官の大田実少将（後に中将）は東京への訣別電報で沖縄県民がいかに協力してくれたか詳細に述べ「県民ニ対シ後世特別ノ御高配ヲ」と結び、自決した。その特別の御高配が基地だらけの沖縄だったわけだ。

東アジアの不安定な情勢、日米同盟の中で軍事基地をどうするか。国民の覚悟も必要なその難問を遠く視野に入れながら、一昨年の沖縄慰霊の日に朗読した当時の中学三年生相良倫子さんの詩「生きる」を思い出したい。

私の生きるこの島は、

何と美しい島だろう。
青く輝く海、
岩に打ち寄せしぶきを上げて光る波、
山羊の嘶き、
小川のせせらぎ、
畑に続く小道、
萌え出づる山の緑、
優しい三線の響き、
照りつける太陽の光。

まず沖縄の風光と文化を讃えて「私の愛する島が、死の島と化したあの日」と展開して戦争の惨禍を際立たせるから、「戦力という愚かな力を持つことで、／得られる平和など、本当は無い」と言い切る口調にも共感させられる。

こんなに心を揺さぶる訴えがあるのかと思わせるその凛々しさは、沖縄の困難から生まれている。そのことは忘れないでいたい。詩は、次のように結ばれる。

鎮魂歌よ届け。悲しみの過去に。
命よ響け。生きゆく未来に。
私は今を、生きていく。

ネットで確認できるからぜひ見てほしい。
詩は非力だが、それでも非力には非力なりの力がある。「平和の詩」は、高良さんは、そして相良さんは、そう教えている。

いい人太宰

……こんどいちどだけは、……　太宰治

栄枯盛衰は世の常だが太宰治人気はどうやら不滅の気配だ。新資料の手紙を山梨県立文学館が発表すると全国の新聞記事となり、ＮＨＫ－ＦＭも午後七時に詳しく放送した。

思い出すのは富士山が世界文化遺産に決まった平成二十五（二〇一三）年である。登録に向けて文学館も春に富士山をめぐる文学展を開き、ある新聞の取材に私は、万葉集の富士から武田泰淳の大作『富士』まで、見応えありですとＰＲすると「若者は武田泰淳には振り向きませんよ、太宰はありますか」と返ってきた。

文学者の寿命は短い。武田泰淳、野間宏、椎名麟三など戦後派への関心は薄れ、芥川賞と直木賞の作家も多くはすぐに忘れられる。しかし太宰はしぶとく生き続け、文学館で展示するたびに反響はいい。不思議な才能だ。

私の太宰評価は複雑で、文学者たちが本当は戦争反対だったとにわか平和主義者に変身した戦後に〈親が破産しかかって見えすいたつらい嘘をついている時、子供がそれをすっぱ抜けるか〉（「十五年間」）といかにも太宰らしい表現で貫いた姿勢には共感を覚える。だが例の「富士には、月見草がよく似合ふ」には及び腰。同じ「富嶽百景」ならば結びの「安宿の廊下の汚い欄干によりかかり」ながら見る「甲府の富士は、山々のうしろから、三分の一ほど顔を出してゐる。酸漿に似てゐた」の切り取りのセンスの方に傾く。

人間太宰はけじめを知らない男で、津島佑子が生まれた昭和二十二（一九四七）年には別の女性が太田治子を生み、戦争未亡人の山崎富栄を「死ぬ気で恋愛してみないか」と口説いている。富栄との心中は翌年。このとき一歳だった津島佑子がのちに父の行状を知ったときの心の暗い波立ちが思われる。彼女は太宰の娘ではなく石原美知子の子と決めていた節がある。

無頼派のイメージが強いから、今回の太宰の手紙には驚かされる。よほど新婚生活が快適だったからか、全体が明るく健やかで〈いい人太宰〉なのだ。こうした側面を視野に入れた太宰像が必要となるかもしれない。次のくだりなどその一例で興味深い。

すみ子さんも、今まで、君の一身を思ひ、すべて君の気に入るやう、君の指図に従つて来たのだからこんどいちどだけは、君も、ぜひとも、いちどだけは、須美子さんの指図に、愛の願ひに、従つてもらひたい。これは、私からのお願ひでもある。

（□内の文字は県立文学館による）

心からの夫婦同居の勧めであり殊勝な友情であり、戦後の太宰に贈りたい言葉でもある。太宰は山崎富栄と自宅近くの玉川上水に入水する前の六月十三日深夜、遺書などとともに友人の伊馬春部に短歌を遺した。

池水は濁りににごり藤波の影もうつらず雨降りしきる

色紙には「録左千夫歌」とも記され、伊藤左千夫の歌を自分のラストメッセージとして借用したのである。明治三十四（一九〇一）年、左千夫は梅雨末期の亀戸天神に唐傘を差

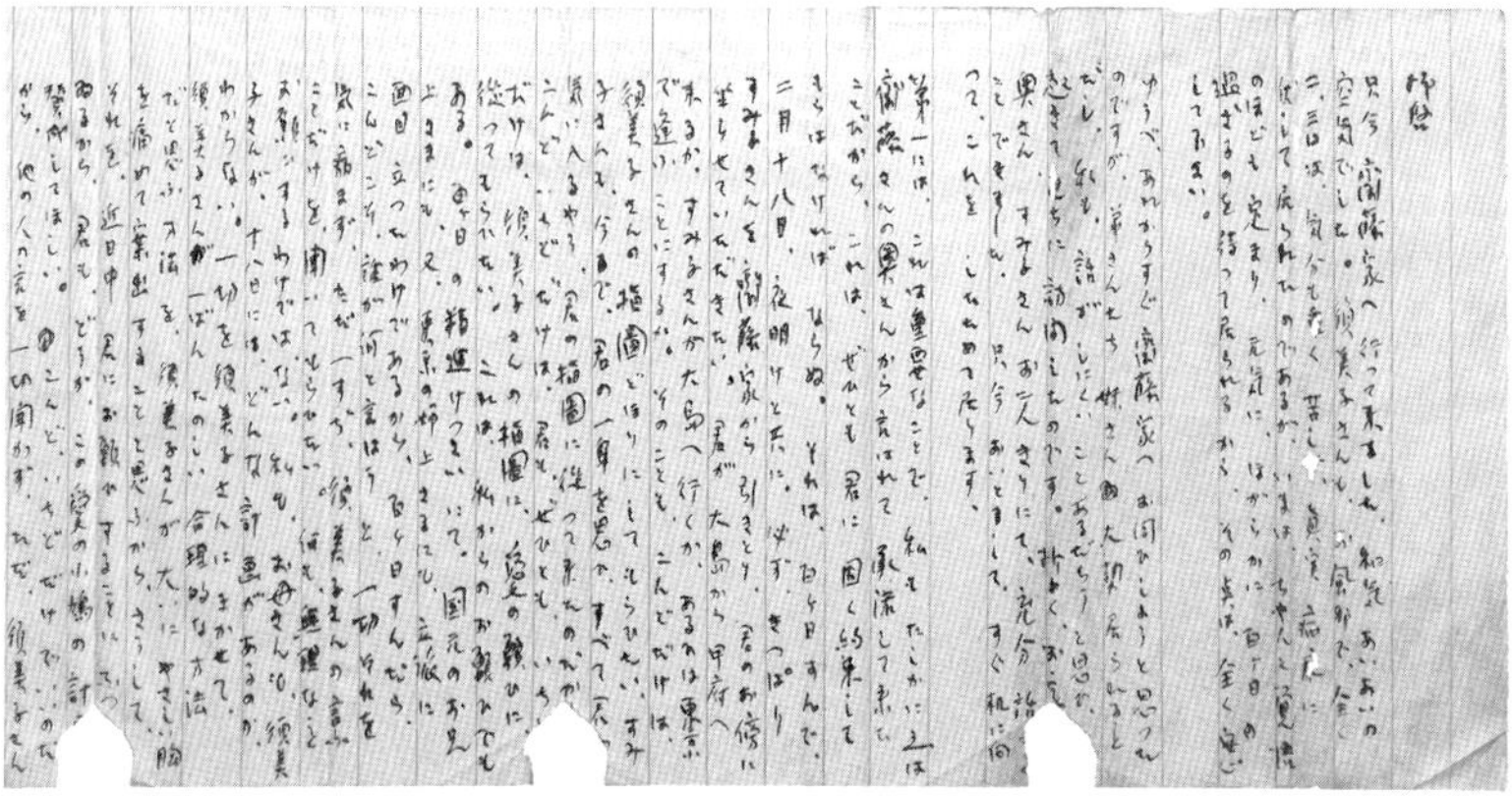

太宰治、高田英之助宛書簡（昭和14年１月31日〈推定〉、山梨県立文学館蔵）

して藤を見にゆき、この歌を詠んだ。降りしきる雨で池水は濁り藤の花も映らない。左千夫は純粋に風景描写をしているが、太宰が辞世として借用したとき歌は〈もうどん詰まりだよ〉という行きどころのない悲鳴となる。風景は心の比喩になるという歌の機微を太宰は心得ていたのである。

当時の玉川上水は水量豊かな水道用水で、人喰い川とも呼ばれる危険な川だった。雨季の雨が加わり、発見は十九日だった。

市井の尺度からは遠い男だったが、文学の力は別。だから太宰治はいつまでも愛される。

遠蟬　天寿おほむね……　飯田龍太

今年の夏は異変ばかりだが、その異変の一つが蟬声だ。近くの森でまず鳴き始めたのがなんとひぐらし。これには驚いた。ひぐらしは寒蟬ともいい、古今集では秋の部に収められ、歳時記でも秋の季語だから。

夏の蟬といったらやはり暑さを煽り立てるような蟬声だろう。少年時、荒川の傍にあった山梨県営球場周辺の夕立のような蟬声が私の原風景だが、それに近い蟬声が次の二首。

日ざかりの暑さをこめて楢の木の一山は蟬のこゑとなりけり　太田水穂『雲鳥』

啼きそろう喬き熊蟬　彼等さえ戦後をともにせしものの裔《すえ》

岡井隆『土地よ、痛みを負え』

水穂は蟬の種類を示していないが、全山蟬声のその迫力からミンミンゼミか。岡井の熊蟬は東海以西の蟬だが、箱根を越して鎌倉あたりではすでに鳴いているらしい。私は盛夏の松山で遭遇したが「シャシャシャ」とけたたましく、思わず「うるさい！」と叱り飛ばしたくなる迫力だ。甲斐にも侵入しているかもしれない。名古屋が故郷の岡井にとって蟬といえばその熊蟬、あのけたたましさが焦土となった日本の夏を呼び寄せるのだろう。

そのミンミンなどを差し置いてこの丘では寒蟬から。雨続きで梅雨明けが遅れたとはいえ、やはり異変だろう。カナカナカナカナとあの澄んだ声を聞くと、ああ夏も終わりだな、と少々感傷的な気分になるのが常だったから。

先陣を切って多摩丘陵に現れたそのひぐらし、詩歌がもっとも好む蟬だから、敬意を表して、少し楽しんでみよう。


日ぐらしの鳴く山里の夕ぐれは風よりほかに訪ふ人もなし

古今集・よみ人しらず

〈ひぐらしが鳴く山里の夕べを訪れるのは風だけですよ〉。歌から感じる季節は初秋よりもむしろ晩秋に近い寂しさだろう。

くるしくもたもつ命に沁み入りて夕蜩のよよと啼きたつ　　吉野秀雄『寒蟬集』

妻が亡くなって一年後の八月末の歌。ぎりぎり耐える吉野の悲痛に応えるようにひぐらしが鳴く。『寒蟬集』の寒蟬を吉野は秋蟬と後記で説明しているから法師蟬を含んでいる可能性はある。「妻の死を哭する歌によつてはじまり、母の病をうれへこれを葬ふ歌をもつてをはる」一冊、その悲愁の日々を縁取る寒蟬の透明感が切なくも美しい。

献 体 に ひ ぐ ら し の こ ゑ し み と ほ る　　福田甲子雄『草虱』

句には「悼　六角文夫氏」と前書がある。亡き人の人柄を思わせる献体という選択を重ねながら死者を悼むように鳴くひぐらしの声は作者甲子雄の深い切なさでもある。油蟬やミンミンゼミではこの哀切を担うことはできない。ひぐらしはそういう感受性を担う蟬でもあることがわかる。

異変を抱きながらも天然自然はやはり今年も夏らしい夏を届ける。遅れてミンミンゼミも油蟬も多摩丘陵を揺るがしている。まもなく法師蟬も加わるだろう。

けれども庭には空を眺めながら命を終えた蟬の姿が増えた。七年もの間地中で育んだ命を夏日に晒しながら七日ほどで終える蟬の一生。樹にすがったまま残る空蟬。蟬の短い懸命は、夏が命の季節だとあらためて教える。

天寿おほむね遠蟬の音に似たり　　飯田龍太『今昔』

人生へのしみじみとした感慨、そしていとおしみ。ああ、やはり龍太だ、と思わせるその決め手は「遠蟬」だろう。

望月百合子

限りなき空の蒼あり……　望月百合子

私の母は小学校を出てすぐに働きづめの暮らしを重ねたごく普通の市井の人だったが、その母が「百合子さんに訊いてみようか」と言うのを何度か耳にしたことがある。頼りになる人と知り合いらしいと子供心にも感じた。

その望月百合子がソルボンヌ大学に学んだ先駆的な社会運動家、歌集もあると知ったのは、短歌に関わるようになってからである。

百合子と母にどんな接点があったのか。

百合子の出生地には東京、甲府、鰍沢など諸説あるが、『鰍沢町誌』には「明治三十三年九月東京に生まれる。生後まもなく縁あって旧五開村長知沢の、望月好太郎の養女となった」と記述されている。

母はその長知沢で生まれた。明治四十一（一九〇八）年だと思う。百合子はその頃もう甲府に出ていたから長知沢時代に接点はない。ただ、五歳上の私の次兄によると、長知沢には山下と望月が多く、母の生家山下家と百合子の望月家は親戚だったようだ。また、百合子は桜町のわが家によく寄った、と弟が教える。知らないのはどうやら私だけらしい。

少年の頃の私は夏休みによく長知沢で遊んだ。子どもには山奥と感じたが「よく来た」という藤作伯父の笑顔を覚えている。母の実家から坂を上った親戚の家が望月だったが、百合子に繫がる家かどうかはわからない。しかし母がときに「百合子さん」と頼ったのは遠い繫がりがあったからかも知れない。

私には山梨県立文学館建設懇話会委員長として文学館設立に尽力した百合子が大きい。望月百合子歌集『幻のくに』を読んでみよう。これは昭和十三（一九三八）年に渡った「満洲篇」と帰国後の「母国篇」で構成されている。

新しき土と呼びつゝ日本が奪いし国についに来しかな

歌集巻頭歌。人々が満洲へ渡った動機はさまざまだった。日本での思想的な居場所をなくした者、定職を得られない者、未知の大陸に自分の夢を託そうとした者、などなど。百合子は夫を訪ねての短期滞在の予定だった。だから巻頭歌には「日本が奪いし国」と満洲への違和感がある。しかし暮らすなかでこの地への使命感を覚えるようになる。

日満の民の心をつなぐ橋われその橋になりたしとねぐ

「ねぐ」は祈ぐ、祈願する。芽生えたのは「王道楽土」という日本政府の虚構を真実に逆転させたい、そのためには渾身の努力を惜しまないという百合子らしい決意である。

にぎりしめ掌ひらけば跡かたもなく消え去りし夢の満洲国

満洲新聞の記者となり、女子教育を推進、女子大学創設にも奔走、百合子の奮戦は目覚ましかった。だからこそ挫折したときの失意も深い。「跡かたもなく消え」が喪失した夢の大きさを語っている。しかし夢の実験場が「日本が奪いし国」だったことの是非を含めて、百合子の満洲には議論があるだろう。

ぶどう棚目路のかぎりは黄にそみて車窓明るし甲斐の盆地は

帰国後の百合子は故郷へのいつくしみを折々に詠った。歌は勝沼から眺めた晩秋の甲斐だろう。視野の限りの風景に洩らすこの感動が、後に富士川町の大法師公園に建てられた歌碑が示す郷土への深い共鳴に繋がる。

限りなき空の蒼あり富士川の激湍ありて今のわれあり

みずみずしい空の青さ、富士川の奔流。風景は百合子の生き方そのものでもあった。端的に郷土の風景と自身の人生を一つにして、やはり短歌は奥の深い表現の器だ。村岡花子、そして望月百合子。世界への意志を育む甲斐の国の風土の力を思わせる。

旧鰍沢町（現富士川町）上空から望む富士川＝山日YBSヘリ「ニュースカイ」（NEWSKY）から

方代さん

あかあかと……　山崎方代

緊急事態がいまも続くが、そんな自粛の日々だから今回は山崎方代を少し楽しみたい。

私が短歌を始めた昭和三十年代後半の歌壇は塚本邦雄や岡井隆の前衛短歌とそれを否定する反前衛のせめぎ合いが激しかった。短歌史研究の第一人者木俣修が「伝統を無視した雨後の毒タケ」と前衛を罵ったほどだ。この人に短歌史は任せておけないと後年書き下ろしたのが今は角川ソフィア文庫になっている『昭和短歌の精神史』だった。私は前衛短歌の信奉者だったが、方代さんは前衛と距離を置いた人々の中にいた。

しかし同じ甲斐の人間、他にはない親近感が私にはあり、方代さんも会うと「機会をみて山日（山梨日日新聞）に紹介するから」と励ましてくれた。もともと前衛も反前衛もない、みんな好きにやればいい、と思っていたはず。

そんな方代さんの思い出をいくつか。

私は甲府の桜町で育ち、春日小学校（現・舞鶴小）に通っていたが、平和通りを横切るときに南へ向かうバスに出会う。その一つが「右左口《うばぐち》」行き。読めないから「みぎひだりくち」か、変なところだなと思った。後にその右左口が方代さんの評価を広げる歌集名となったのだから、感慨は特別である。

二つ目。私は三十四歳で結婚したが、相手の今野寿美をある会合で紹介すると、今野を見て方代さん、「うまいことやったじゃん」と祝福。このひと言で今野は大の方代ファンになった。彼女にとっては最大の褒め言葉だったようだ。ひと言で相手の心を摑んでしまう、方代さんは人生のプロなのである。

三つ目。これもある集まりでのこと、私を見つけて近づいてきたが、目が悪いと思えないくらいスムーズ。方代さんは傷痍軍人で目が不自由なため恩給をもらっている。定期的なチェックがあるようだから、「そんなにスムーズに歩いたら、役人に何か言われませんか」と聞くと「なあに、その時は入り口でわざと躓くんさ」と楽しそうに笑った。

右目失明で恩給をもらうのには何の問題もないが、国に保護してもらっているという意

甲府・山崎方代生家跡

識は方代さんにはない。貸借関係では自分の方に貸しがある、だからそれを返して貰うのは当然だ、国とは五分と五分だ、という意志がそこには感じられる。

あかあかとほほけて並ぶきつね花死んでしまえばそれっきりだよ　『こおろぎ』
みの虫は袋を吊しゆられおるこの人生にはかのうまいぞい　『迦葉』

死ねばそれっきり。成仏も天国もない。死という大テーマをごく自然な軽みとして示すところに山崎方代という歌人の深さがある。後者は何がベストの生き方かと問い、風に揺れて心地よさそうな蓑虫だよと反応する。
こうした人生観はどこからくるのか。やはり方代さんの戦争体験からではないか。

へり黒き月をささげし船首より投げ込まれたる二つのむくろ

仲間が死ねばぼろ切れのように処理されるのが戦争。「工人」昭和二十四（一九四九）

年二月号から。

国は最後は個人を見捨てるから、個人はよくわきまえて国と向き合っていかなければいけない。そういう体験的国家論があり、それが、死んだら死にっきり、蓑虫こそベスト、という考え方や歌につながったのだと思う。

苛酷な体験が虚無に行かないで、何にも囚われることのない自在となったところに方代さんの真骨頂がある。

困難な渦中の今だからこそ、どんな状況下でも飄々と楽しむ方代さんに学びたい。

天目　唐黍を……　三枝清浩

　ほどよく晴れた十一月六日、思い立って天目を訪ねた。今は甲州市大和町だが、やはり大和村天目と呼びたくなる。境川村が町となったときの飯田龍太の名言、裏山のいのししが恥ずかしがっている、も思い出される。

　その天目、父の生地である。兄弟が元気なうちに、という次兄の提案が発端だった。長兄は昭和十（一九三五）年、四男の私は十九年、末の浩樹は二十一年の生まれ。五人ともまだ元気だから実現できたプランだった。

　次兄と私を甲斐大和駅で拾った浩樹の車はまず景徳院へ。天目は武田家滅亡の地、ここには勝頼、夫人、信勝の辞世の歌がある。人生のラストメッセージは記紀以来ほとんどが短歌だ。人生を凝縮しながら下の句の七七に万感の思いを込められるからだろう。三人の辞世では夫人のそれが心に残った。

黒髪の乱れたる世ぞはてしなき思ひに消ゆる露の玉の緒　北条夫人

玉の緒は命の意。武田北条同盟の証しとして勝頼に嫁ぎ、時代の荒波に飲まれて自刃を余儀なくされた。辞世の作法に則りながらも、諦観まじりの無念が歌から滲み出て、和歌の確かな教養を思わせる。嫁いでわずか五年、夫人はこのとき十九歳だった。

天目は蕎麦切り発祥の地とか。他所にも同じ話はあるだろうが、それはそれ。昼は天目庵で蕎麦を楽しみ、父の生地に向かった。

遺歌集『三枝清浩歌集』によると父は明治三十九（一九〇六）年天目に生まれ、大正六（一九一七）年に甲府の実姉方から春日小学校に通った。大正八年に八日町の三国商店に奉公、そこで主筋の先輩の影響で短歌を始めた。

桜町に店を構えて独立した後の初期作品が「儲けむと思ふ願はつゆもたね信用多く得たく思ふも」。素直過ぎる表現だが、商いにまず大切なのは信用、利益はそこから生まれるという、父なりの商いの姿勢が見えてくる。

生家は栖雲寺に近く、今は更地だ。転げ落ちそうな傾斜地を車道が縫い、その上下に張り付くように民家が点在している。なぜこの山奥の斜面を選んだのか。たぶん選択の余地などなかった父祖の心は見えない。

生家跡に立ち、連なる山並みを見つめながら思う。甲府に出て丁稚奉公を始めた父を。やがて有力な衣料品店主となった父を。短歌を楽しみ、その遺産を私と弟に残した父を。そして、高校から東京に出たいという私の我が儘を許し「試験運と云ふ事あれば今日の試験に困りてやゐむ四男昂之」と詠んだ父を。

折から天目は燃え立つ紅葉と黄葉。その彩りに埋もれるように点在する家々の屋根が、父の軌跡を涙ぐましいものにさせる。近くの民宿はうれしいことに「さいぐさ荘」。機会があれば泊まりたい気持ちにさせられる。

では歌人三枝清浩氏はどうか。


唐黍《もろこし》を軒に結ひ下げこの村の家居はすでに冬構なり（西湖村）

甲州・栖雲寺近くから仰ぐ天目山

幾代か前より此処に住みつきて富たる人の一人を聞かず
雪の富士まともに見えて人居らず閉しし家の庭にたたずむ

一首目は人の営みと季節が一つになって歌の姿も大きく、わが推奨の一首だ。あとの二首は生地に立っての感慨。

改造社の『新万葉集』は昭和十二年に刊行を始め、膨大な選歌のために北原白秋の目が一気に悪化したといわれる。入選した山梨の歌人の祝賀会が十三年に行われ、招かれた半田良平は入選八首と最も多い清浩が末席に坐っているのを見て「あんな会でも社会的地位が物を言うんだ」と嘆いた。良平の盟友植松壽樹にそう洩らしている。まだ零細な商店主だったころの逸話である。

父のこの謙虚、私は継いでいるだろうか。

令和三（二〇二一）年

若水

にひとしの……　柳田國男

宇多喜代子氏は『暦と暮らす―語り継ぎたい季語と知恵―』の「新年・正月」の項を次のように始めている。

私がいままで生きてきた歳月のなかで、もっとも変貌の大きいもの、それは「正月」すなわち「新年の到来」にまつわるもろもろです。

どんな暮らしも時代と共に変化は避けられないが、なぜ新年は大きく変貌したのか。歳神が宿る門松は「迎春用グッズ」になり、お節は「料亭やデパートが早々と予約をとって大晦日に届けてくれる」ようになった。

便利この上ないこうした変化の中で、「なにもかにもが改まる心構え」が薄れ、正月から予祝の精神が抜けた、と宇多氏は説く。わが家は門松を用意しないが、多くの家も同じではないだろうか。

では「なにもかにもが改まる心構え」と予祝の精神はどこに生きているか。歳時記と詩歌の中に生きている。『暦と暮らす』からはそうした声が聞こえてくる。例えば、そこで紹介されている次の句である。

年新た嶺々山々に神おはす　　飯田蛇笏

昨日の喧噪から一変して、淑気《しゅくき》に満ちた山河となる。山国甲斐の新年を一点の揺るぎもない晴れやかさとして愛でる。蛇笏らしい格調であり、力技だ。

では短歌ではどうか。まず思い出すのは佐佐木信綱の「春ここに生るる朝の日をうけて山河《さんか》草木みな光あり」だ。晴の歌を大切にした信綱ならではの丈高い言祝ぎだが、今回は柳田國男に注目しておきたい。

にひとしの清らわか水くみ上げてさらにいづみのちからをぞ思ふ　柳田國男

昭和三十（一九五五）年の宮中歌会始に召人《めしうど》として招かれた八十歳の柳田がその年の「泉」という題に応じた作品である。短歌は季語という括りをあまり意識しないが、歳時記では「若水」が新年の季語となる。

新しい年の清冽な若水を汲みあげて思う。湧きあがり盛り上がり、尽きることのない泉の力を。

一つの題をそれぞれが詠み、唱和することによって新年を言祝ぐ。歌会始はそうした晴の場として大切だが、この歌はのびやかな調べと独特な披講との相性もよく、泉の力だけでなく短歌形式の力も思わせ、いかにも歌会始にふさわしい。

元旦に汲み、歳神に供え、家族の食事を調えて一年の邪気を払う。それが若水だが、蛇口から受けた最初の水を若水と心得る他ない今の歌会始選者の詠進歌にこうした言祝ぎの力が乏しいのはやむを得ない。愛でる心を意識していないのではない。かすかなその心を

北杜・三分一湧水

今年の詠進歌からも読み取ってほしい。
柳田は短歌の特色についても民俗学者らしい見識を持っていた。一つだけ挙げると、敗戦後に臼井吉見や桑原武夫たちによる短歌否定、いわゆる第二芸術論が声高に主張された時、柳田は次のように反応した。

歌が文学であるか否かを論ずる人は、多分えらいのでありませうが、気の毒や日本の行掛かりをまだ知つて居りません。

（昭和二十三年「歌のフォクロア」）

歌にはそもそも人界の実用があり「おもやいのもの」、つまり国民全体のものだから文学という括りだけでは間に合わない。柳田のこの見解は私の拠り所の一つになっている。「千古より続いてきたこの国土の順調な四季とゆたかなことばを明日の人たちに無傷のまま届けたい」。『暦と暮らす』をこう結ぶ宇多氏に、今年こそ健やかな一年を、と祈りを重ねて、新しい一歩を歩み出したい。

ユーモア

ユーモアがあるのは……　北杜夫

除夜の鐘を聴いて新しい年へ。これが一年の節目だが別の節目もある。受験生には入学試験が終わったときだろうが、宮中歌会始もそれに近い。選歌は前年秋から年末にかけてだから、松の間はその仕上げの場。昨年亡くなった岡井隆氏が「これでやっと一年が終わったね」と洩らしていたことを思い出す。

ところが今年の歌会始は予定していた一週間前の一月八日に延期が決まった。前日に緊急事態宣言が出たからである。宮内庁は慎重に準備していた。例年は八十人ほどの陪聴を数人に絞り、披講の人々はPCR検査を経た上でアクリル板も使用、他は全員マスク、と。

事態を先送りして悪化させた政府の無策振りには愛想が尽きるが、間接的とはいえ私たちも選歌を通してコロナ禍の儀式をすすめた当事者、自業自得と思う他ないか。

かくて私はまた多摩丘陵に籠もる日々である。先行きの見えないこの困難の中に浮かんでくる言葉がある。

「ユーモアがあるのは人間だけです」

この言葉、山梨県立文学館平成二十八（二〇一六）年秋の北杜夫展のタイトルでもあるから、覚えている人も多いのではないか。『マンボウ最後の家族旅行』巻末に娘の斎藤由香さんの解説があり、その次のくだりからの拝借である。

父はよく語っていた。「生物でユーモアがあるのは人間だけです。だからユーモアをとても大事に考えています」と。我が家は父と母の夫婦別居があったり、破産したこともあるが、家族が崩壊せず、いつも笑い声があふれていた。「ユーモア」のお陰だろう。夫婦別居に破産。一家離散となってもおかしくないのに、それを乗りこえたユーモアの力。「マンボウ」シリーズにはそのユーモア家族のパワーが満載だ。

夫婦初対面の印象を北杜夫は「まあまあ醜からぬ、ちょっとポッチャリした、それほど魅了されないけれども可愛い娘」（『マンボウ愛妻記』）と韜晦極まる一目惚れぶりを吐露。一方喜美子夫人も「当時主人は三一歳、私は二一歳でした。年は一〇歳上ですし、圏外といったら失礼ですけど、私から見れば立派なおじ様」（『マンボウ最後の家族旅行』）と負けていない。若い娘に好かれるハンサムと公言していた北杜夫は「俺を無視した」と後に怒ったらしいが、まあユーモア精神夫婦競い合いの図、といったところだろう。

ユーモアがあるのは人間だけ。この言葉、新聞投稿歌の世相批判にも生きている。

① 粗相なき老後のために鍛えます一億総括約筋社会　平成二十七年　岡本文子

② 我が家には「忖度」という言葉なし催促をしてやっと晩酌
同二十九年　亀山幸輝

③ 祖先たち「GOTO現世やめとこか」なすときゅうりが暇もて余す
令和二年　内村佳保

①は安倍内閣の「一億総活躍社会」に括約筋を重ねて揶揄。括約筋が衰えるとお漏らしにも繋がるから高齢者は鍛えることも大切。センスある言葉遊びだ。②は「忖度」が話題になったモリカケ問題への批判。自分の暮らしに引き込んだ批判が楽しい。③は自粛を求めながら旅を勧める政府。祖先も呆れているわけだ。引用歌は私が担当の日経歌壇から。世相批判は眉を逆立てたらだめ。正面から批判することも大切だが、ユーモアに包んでチクリと刺すと市井の眼力が生きる。

困難な時代にこそユーモアが大切ですよ、ユーモアがあるのは人間だけですからね。北杜夫のそんな声が聞こえてくる。

3月9日　十代の出会いとわかれ……　三枝浩樹

都内のある女子高校の話である。

去年三月、卒業式が終わって担任団が壇上から退こうとしたとき一人から「ストップ」と声が掛かり、卒業生が壇の前に集合、全員で歌い始めた。「流れる季節の真ん中で」……と。

この高校では卒業生が毎年工夫をこらして担任団への感謝を伝えていて、去年はレミオロメンの「3月9日」の合唱だったわけだ。

手を繋いで聴いていた担任の一人は涙が止まらなくなり、誘われるように隣りももらい泣きしてしまったそうだ。彼女たちとの日々が蘇り、万感胸に迫る涙となったのだろう。

以前、必要があって卒業ソングベスト10をネットで検索したことがある。そのときのベスト1がユーミンの「卒業写真」や武田鉄矢の「贈る言葉」ではなく「3月9日」。知らないから息子に訊くと「YouTubeで聴けるよ、堀北真希が出てるよ」。さっそく試みるとこれがいい。私は「贈る言葉」の説教臭さが嫌いだが、「3月9日」はもろもろほころび始めるデリケートな季節と暮らしが細やかに表現され、詩としても完成度が高い。

調べるとこの曲、友人の結婚を祝福するのが主題だったようだ。

あわただしい日々が過ぎて日常が始まったとき、たぶん新妻が大きく欠伸をして、ふと彼の視線に気づいて照れる。そしてあらためて二人になった幸福を噛みしめる。

半分は夫婦、半分はまだ恋人。そんな新婚カップルの微妙な心理を生かしたくだりだ。こんな繊細な作詞をするミュージシャンの話を山梨の高校生に聞いてもらいたいとルートを辿り、藤巻亮太氏を招いた。山梨県立文学館で高校生中心の文芸創作教室が行われたのは平成二十七(二〇一五)年四月だった。

なぜ祝婚歌が卒業ソングとしても広く受け入れられたのか。宣伝用ビデオは姉の結婚と堀北真希演じる高校生の卒業と出発を重ねている。その物語の影響も小さくないが、主な要因はやはり歌詞だろう。

目を閉じるとそこにいるあなたにどれほど励まされたことでしょうか。そんなふうに歌うくだりが卒業と別れを、励まし合い、支え合った三年間のかけがえのない友情を刺激する。

十代の出会いとわかれ　三年間たったそれだけ（それだけなれど…）　三枝浩樹

たった三年間、けれどもそれは永遠の三年間。「（それだけなれど…）」からは抑えがたい感慨がにじみ出て、深く共感を覚える。

昨年刊行の歌集『黄昏（クレプスキュール）』の「三月の日々」三首は次の二首から始まる。

レミオロメンの歌がながれて　ふりかえるまなざしの朝冴えかえりたり

学校がひととき見する息づかい　卒業の日の机と椅子と

「3月9日」に触発されて生徒との日々を引き寄せ、空っぽの教室に残る机と椅子が無量の寂寥感を広げる。そして掲出歌となる。

多くが見送られるコロナ禍の日々、大切な卒業式の実施も危ぶまれる。しかし多摩丘陵に籠もる日々の中で私は改めて思う。歌会や講座などで議論する対面の近しさを。講演で確かな反応を感じるときの充実感を。街角のお店で友人たちと語らう団欒の楽しさを。

学生生徒も同じだろう。登校できない日々が教室で授業を受ける大切さを教え、クラブ活動で競うよろこびを教える。ごく当たり前の幸福を改めて確かめた経験は大切だ。瞳を閉じればそこに友はいつもいる。人生に無駄なことは一つもないと思いたい。

神代に似たり

鳥の声水の響に……　佐佐木信綱

跡見学園女子大学で十年ほど短歌の授業を持ったことがある。中世和歌の川平ひとし教授からの依頼だった。キャンパスは埼玉県新座にあり、正門を入ると突き当たりの図書館まで真っ直ぐ百数十メートルほどの桜並木。染井吉野だけでなく大島桜など四十五種類、関東の大学の桜名所一位と評判の桜並木だ。
そんな特徴を生かして、私は四月下旬になると学生たちを一本の桜の下に誘い出す。北原白秋の次の歌を鑑賞してもらうために。

いやはてに鬱金《うこん》ざくらのかなしみのちりそめぬれば五月《さつき》はきたる　北原白秋

桜の季節の最後に咲く鬱金が散り始めた。私の悲しみに応えるように。ああ、もう五月になったんだなあ。歌はそう嘆いている。

『桐の花』のこの歌、「いやはて」は一番あと、花の季節の終わりを告げるようにこの淡黄の花が散るさまがいかにも青春の憂愁にふさわしい、と解説しながら。現物の下で説くと歌の心をより身近に感受してもらえるのである。

その鬱金桜、昇仙峡の奥の金櫻神社のご神木でもあり、四月下旬から五月はじめまで桜まつりが行われる。ご神木、本殿、遠景の富士など見所の多い神社だが、もう一つのお勧めは平成三十（二〇一八）年建立の佐佐木信綱歌碑だ。

信綱は明治三十六（一九〇三）年四月に甲斐を訪れた。一日目は勝沼から差出の磯→酒折宮→甲府・談露館で講演、宿泊。二日目は武田信玄の墓→武田神社→和田峠→昇仙峡→宮本村（泊）。三日目は金櫻神社→天狗岩→談露館（泊）。

案内役は清春（現・北杜市）の歌人小尾保彰《ほしょう》。小尾が「心の花」に寄稿した「峡中記」はその三日目の朝を次のように記している。

甲府・金櫻神社の鬱金の桜

筧の音枕に響きて眠りは覚めたり。戸あくれば空はぬぐひし如く晴れ渡れり。今日わくる山路の景色など、思ひつゝ、起き出でゝ氷よりも冷たき岩清水に口そゝぎつ。

応えるように信綱も詠っている。

鳥の声水の響に夜は明けて神代に似たり山中の村　　佐佐木信綱

鳥の声と水のひびきの中で私は目覚めた。ここ御岳の地は遠い神代のような神々しい夜明けである。そう読んでおこうか。

宿の庭には小さな池があり、筧があり「水の響」はその筧からだろう。

信綱は甲斐の旅から帰った五カ月後の十月に第一歌集の『思草』を刊行、巻頭にこの歌を置いた。これは大切なデータである。第一歌集の巻頭歌はその歌人を象徴する作品として特に大切にされる。石川啄木と北原白秋の第一歌集巻頭歌を思い出してみよう。

東海の小島の磯の白砂に
われ泣きぬれて
蟹とたはむる
『一握の砂』

春の鳥な鳴きそ鳴きそあかあかと外の面《とも》の草に日の入る夕
『桐の花』

どちらもそれぞれを語るときに欠かせない一首である。信綱は目覚めた朝に金櫻神社の神域ならではの清新さを感じ、それを一首にした。自信作であることを巻頭歌という位置が示している。

この記念すべき歌を金櫻神社が歌碑として受け入れたことがうれしいが、一つ課題が残っている。信綱はこのとき門前宿のどこに泊まったか、その宿がわからないのである。庭に池があり、筧が水音を響かせ、岩清水の宿。神社の前の総代さんの家も昔は門前宿と聞いたが、宿帳は残っていないとのこと。

宿がわかったら旧宮本村の貴重な資料にもなるはずだ。村にゆかりがあり、ご存知の方はお教えいただきたい。

一葉　……たはぶれに世を……　樋口一葉

樋口一葉は明治五（一八七二）年に内幸町に生まれた東京の人だが、両親が現甲州市塩山出身という縁があり、山梨県立文学館は資料の収集・保存に力を入れ、それを活用した展示も折々に行っている。

一葉には「大つごもり」「たけくらべ」などを次々と発表した「奇蹟の十四カ月」と呼ばれる時期があり、女性最初の職業小説家と高く評価される。特に「たけくらべ」は明治という時代を背景にした思春期の心秘かな恋と別れが細やかで、いまなお切なくも美しい。

しかし一葉は早くから和歌を学び、和歌の師匠として身を立てようとしてもいて、多くの和歌が残っている。

妹邦子が一葉十七回忌の記念に姉の和歌出版を考えて幸田露伴に相談、露伴が選歌を佐佐木信綱に頼んで出たのが大正元（一九一二）年の『一葉歌集』である。一葉と信綱は同じ明治五年生まれで若い頃から交流があり、信綱は喜んで応じた。

その『一葉歌集』、信綱が「恋歌は女史の歌集中に夥しく多く、又秀逸に富めり」と恋歌を評価して以来、一葉を代表するのは恋歌となった。しかし私は詠草や日記に書かれた折々の歌にも惹かれる。何首か読んでみよう。

＊詠草40（明治二十七年九月―十一月）
したしき人のうせける比《ころ》草葉の露をみて
吹かぜにくさばの露の散るみれば／おくるるといふもただしばしなりけり

詞書で親しい人が亡くなったことに触れ、人が先立つことは哀しいが考えてみれば早い遅いの違いも束の間のことだなあ、と歌は洩らしている。人生への哀感を交えた「しばしなりけり」にしみじみとした味わいがある。

＊詠草42（明治二十八年一月―二月）

としのはじめ戦地にある人をおもひて

おく霜の消えをあらそふ人も有《ある》を／いははんものかあら玉のとし

前年に日清戦争が始まり、戦死者もでる非常時を視野に入れながら、いつも通りに新年を祝っていいのか、と立ち止まっている。

＊詠草45（明治二十八年七月―八月）

かかるうめきごと、またこと様にとりなされて、しれたる名をば取てんも口をし、要なき言あらそひなど引出さんやは、とまれかくまれ、ゆく水の流れにうかぶ身なれば

うなゐごが小川に流すささ舟の／たはぶれに世をゆく身なりけり

苦しく洩らしてしまう言葉も違う意味に取られてしまう口惜しさ。不要なのにしてしま

う口論。自分の思いと周囲とのギャップに苦しみながら、ともあれ水の流れのままに浮かぶ身ですからと詞書は洩らす。

それを受けて歌は、幼な児が小川に流して遊ぶ笹舟のように、覚束ない世を渡ってゆく私ですから、と嘆いている。

人生への諦めを散文で綴るだけでは足りないと判断するから歌が嘆きを受ける。歌が添えられるから、最初の女性職業小説家樋口一葉の心の底に積もる荒涼が切なく広がる。人生の折々に感じる哀楽を託すのはやはり短歌だ、という一葉の心が見えてくる。こうした世界にも素顔に近い一葉の魅力がある。

佐佐木信綱『明治大正昭和の人々』には一葉に関する興味深い逸話が紹介されている。一葉の父と夏目漱石の近親は東京府の同僚で親しく、「一葉との間に縁談が」あった。漱石からそう聞いたと信綱は書いている。相手は漱石の長兄という説もあるが、信綱の文脈からは漱石と読める。五千円札と千円札のビッグカップル。興味深い「もしも」であり、実現していれば明治文学の進路も小さくない変更を余儀なくされていただろう。

一葉と晶子　春みじかし……　与謝野晶子

前回、一葉には「多くの和歌が」あると言い、人生の「哀楽を託すのはやはり短歌だ、という一葉の心が見えてくる」とも記した。そこで一葉の歌は和歌なのか短歌なのか、二つはどう違うのか、と質問があった。もっともな疑問で、少し触れておきたい。

一葉が世を去ったのは明治二十九（一八九六）年、その五年後に与謝野晶子『みだれ髪』が出た。二人の歌の違いを視野に入れて、一葉の歌は和歌、晶子は短歌と考えると分かりやすい。研究者には強引過ぎると叱られそうだが。

粗くまとめると、もともと和歌は〈やまとうた〉、即ち日本の歌。片歌、長歌、短歌など全て和歌だが、短歌が有力になると和歌といえば短歌を指すようになった。古今和歌集や金槐和歌集などを思い出したい。

しかし明治に和歌革新運動がおこると、彼らはまず旧来の歌を旧派和歌、自分たちの歌を新派和歌と区別し、やがて「短歌」を使うようになった。その和歌革新運動の決定打が『みだれ髪』と私は見ているから、一葉は和歌、晶子は短歌と線引きしている。では旧派和歌と近代短歌の違いはどこにあるのか。これも粗い整理だが、自分を詠わないのが題詠の旧派和歌、自分を詠うのが近代短歌。

みちのくの無き名取川くるしきは人にきせたるぬれ衣にして　　樋口一葉

春みじかし何に不滅の命ぞとちからある乳《ち》を手にさぐらせぬ　　与謝野晶子

一葉は歌稿「恋の哥《うた》」（明治二十五年）から。「歎名恋」、立つ名を嘆く恋の題詠である。名取川は陸奥の歌枕。「無き名＋名取川」は和歌が得意な掛詞で、名取はその名が多くの人に知られることを意味し、なき名はあらぬ噂のこと。噂が広がることを嘆く恋の題詠ではこの組み合わせが好んで使われた。

壬生忠岑に「みちのくにありといふなる名取川なき名とりては苦しかりけり」（古今集）

があり、一葉は忠岑に倣って、マニュアル通りの題詠に仕立てたことになる。これを一葉本人の苦しみとは誰も読まない。

しかしこの歌、明治二十五年の日記にもある。半井桃水との噂が萩の舎《や》で立ち、師匠の中島歌子から注意を受けたと書かれている。そこで読むと歌は断念を迫られる恋の苦悩を綴った心の吐露。つまり「恋の哥」では定石通りの題詠、日記では自身の苦悩となる。

一方の晶子は〈青春は短い！　なにをためらうことがあろうか〉と大胆な恋の謳歌。佐藤春夫『みだれ髪を読む』は当時の「閨秀の作としては思いも及ばないもので、世人が眼を見はつて驚いた」と解説している。

この違い。過渡期の一葉、題詠の壁を突き崩した晶子という対比が浮き彫りになる。しかし実は、晶子にも題詠の時代がある。

春日野にもえ出る春の若草の早くも人をみそめつるかな　　一葉「初見恋」明21
春来ぬとあさささはのへの初若菜ゆき間を分けていさや摘なん　　晶子「若菜」明30

二人とも壬生忠岑「春日野の雪間をわけておひいでくる草のはつかに見えし君はも」を踏まえている。晶子の表現はぎこちなく、一葉は調べが柔らか。やはり一葉は巧みだ。

しかしその後の晶子には与謝野鉄幹というプロデューサーがいた。それが大きい。日記や歌稿で自身の思いを綴っていた一葉にせめてあと五年の命があったら、佐佐木信綱と行を共にしたら、和歌革新の若者と競い合ったら、という「もしも」を思うことがある。

子規　いたつきの……　正岡子規

好きな近代歌人は誰かと問われれば、候補の一人が正岡子規だ。端的でまっすぐな点が他の歌人にはない魅力なのである。

少年小説で知られる佐藤紅緑はサトウハチロー、佐藤愛子など三人の子の母親がみんな違って、節度を知らない男だったが、子規への敬愛は格別だった。子規に学んだ俳人でもあり、愛子は子規を語るときの「父の口調には、敬意と慕わしさが溢れていた」と振り返っている。

その紅緑にとって子規は「人の欠点を見る事は寧ろ鈍な方で、人の長所を認めるには極めて鋭敏」（「子規翁」）な男だった。だから子規山脈といわれる豊かな関係が広がった。

子規は明治二十九（一八九六）年に左腰が腫れて歩行困難となりカリエスの診断を受け

た。以後病床の人となる。実は私も右脚が不自由になってカリエスと診断され、小学校四年生の五月から二年間寝たきりだった。そのことも子規への親愛感に作用している。

子規はそれでも三十一年には『歌よみに与ふる書』で短歌革新に、三十三年には「叙事文」で文章革新に乗り出した。既に俳句革新は進行していたから、三つの文学革新を病床で完結させたことになる。

短歌もその旺盛な行動力にふさわしい。

足たたば不尽《ふじ》の高嶺のいただきをいかづちなして踏み鳴らさましを

明治三十一年「足たたば」から。足が立てば富士山頂を雷となって踏み鳴らしてやるのに。「悔しい！」という声が聞こえて来そうな地団駄ぶりがいかにも子規らしい。

子規は病いに苦しみながらも遊び心を忘れない男でもあった。その小さな一例が岡麓に宛てた明治三十二年三月十三日の葉書だ。

〈十四日、オ昼スギヨリ、歌ヲヨミニ、ワタクシ内へ、オイデクダサレ〉

歌会への誘いだが、事務連絡だけではつまらないと思ったのだろう。短歌で伝えると用件は実用を超えた親愛感を帯びる。

しかしながら、さすがの子規にも「心弱くとこそ人の見るらめ」と記した一連がある。明治三十四年の「しひて筆を取り」である。

佐保神《さほがみ》の別れかなしも来ん春にふたたび逢はんわれならなくに
いたつきの癒ゆる日知らにさ庭べに秋草花の種を蒔かしむ

佐保神は春の女神。来年の春には私はもう世を去っているだろうと、切ない自覚が前者から滲み出る。「いたつき」は病気の古語。咲くのを見るのはもう無理かも知れないが、それでも秋に咲く花の種を蒔いてもらう。後者は命への尽きぬ愛惜であり、私の中の子規の短歌のベストである。

子規は私たちに何を残したのだろうか。和歌が磨いてきた歌言葉を遠ざけ、普段着の言葉の使用を説いたことだろう。「叙事文」は「言葉を飾るべからず」と説いている。写生はそのための手段と理解するのがいい。誰もが短歌を楽しむようになった近代百年の環境には、子規のこの革新が作用している。

佐藤紅緑「糸瓜棚の下にて」が語る子規のエピソードを一つ。

七、八人が病床の子規を囲んだ中に幼なじみの三並良《はじめ》もいた。やがて三並が帰ろうと立ちあがると、子規は「良さん！」と叫び、訴えた。「もう少し居ておくれよ。お前が帰るとそこが空つぽになるぢやないか」と。

「そこが空つぽになる」。人懐っこくて寂しがり屋で端的な子規がそこにいる。

灯った窓

……心が静かに……　辻村深月

宮中歌会始の選歌が始まった。

七月一日に選者が発表され、ほどなく各選者のもとに応募の第一回分が届いた。応募は半紙に墨書と決められ、それを三十首ごとにA4一枚にパソコンで整理したものが届く。一回に千から三千首。その中から二十首前後を選ぶ作業を十一月まで九回ほど重ねる。その一次選考通過作品をめぐって二次から三次、最終選考と重ねて預選歌十首が決まる。

題は歌会始の当日に発表されるから今年は三月二十六日、例年よりも二カ月以上遅い発表だった。応募への影響が気懸かりだが、題の「窓」が身近な素材という点も作用してか、順調に集まっているようだ。それだけに同じ設定の「窓」が多くなるのでは、個性的な歌は難しいのではないか、とも感じるが。

「ほたるのひかり　まどのゆき」と始まる唱歌やロシア民謡「ともしび」を始め、窓を素材にした詩歌は多い。しかしここでは私の好きな辻村深月「街灯」を紹介しておこう。講談社文庫『ロードムービー』収録の、わずか四ページの超短編だ。

登場人物は鷹野ただ一人。デビュー作『冷たい校舎の時は止まる』のあの鷹野を思わせる点が懐かしい。その鷹野、司法試験の準備に没頭している日々だが、頭が固まって「今日はもうダメだ、と思った」深夜には息抜きを兼ねて自転車を漕ぎ、時々、五キロほど離れたマンションに向かう。目的は三階中央の窓に明かりが灯っているかどうか。

窓の主は来年夏の臨床心理士の試験のために苦闘している。ここでもデビュー作の鷹野の恋人に近い級友辻村深月が窓の主では、と思わせる。窓を見つめて鷹野は心で語る。

この街灯の前に立って、灯るあの部屋の明かりを見ている。言葉を交わさなくていい。電話をしたり、部屋を訪ねていかなくともいい。あの明かりの向こう、彼女がいることがわかりさえすれば。

「明かりの灯った窓を見ているうち、心が静かになって」ゆき、鷹野は窓の明かりに手を振って、自転車に跨る。分厚い本や資料が待つ自分の部屋へ急ぐために。

それだけのシンプルな物語だが、小さな恋物語を、そしてお互いの目標に向かって集中し、励まし合う青春を支える一点の窓が余韻を残す。遠い日にそんなピュアな青春が誰にもあったのでは、とも思わせて。ここでメールしたらダメ、そっと手を振るだけの心寄せだから波紋となって相手の心にきっと届く。

辻村さんが山梨県立文学館にお出でくださったとき、しばし会話を交わす機会があり、私が「街灯」を話題にすると、あれは高校時代に書いて温めておいた作品です、と彼女は教えてくれた。

考えてみると、「街灯」には青春特有の内省とときめきと手探りがあり、その一回性が世代を超えた共感に広がるのだろう。自分の年齢を考えると、こうしたピュアな青春に反応する心が少々恥ずかしくもあるが、悪くない感受性だとも感じる。

この原稿を書きながら眼を窓に転じると、遠く横浜のランドマークタワーが見え、庭には咲き始めた百日紅が揺れている。ささやかであっても、そこにもこの季節特有のドラマがある。やがてビルの西壁を夕日が染め、丘の起伏に沿った家々の窓が灯るだろう。

私は窓を通して世の移ろいを見つめ、窓は年齢が強いる不如意を少しずつ増やしてゆく一人の男の暮らしを見つめている。

横浜の街並み

林みよ治

一人子を……　林みよ治

去年秋の山梨県立文学館「まるごと林真理子展」に短歌の色紙が一枚展示されていた。

七歳と
九十一歳の会話なり
キャッチボールの
やうには
ゆかぬ

みよ治

七歳は孫だろう。やはりうれしいがスムーズな会話にはならない。そのもどかしさがいとおしさ。下の句の「キャッチボールのやうにはゆかぬ」がそう教えて楽しい歌だ。

作者は林みよ治さん。林真理子氏の母上である。展覧会のオープニングに林氏と私のトークがあり、私がこの歌を話題にすると林氏は「もっといい歌もあります」と反応しながら、近く歌集が出ることも教えてくれた。

その林みよ治歌集『詠みしわが歌』を読んでみたい。

閉店の間際入り来る兄弟は整備工ならむ機械油匂ふ　　昭和五十八年

戦後間もなくみよ治さんは中央線日下部《くさかべ》駅前に林書房を開業、長く地域の文化を支えてきたが年齢を考慮して昭和五十九（一九八四）年に閉店した。その前年に県内老舗の歌誌「美知思波」に入会、平成二十九（二〇一七）年に百一歳で亡くなる三年前まで出詠を続けた。

歌はその林書房に入ってきた兄弟らしき二人、機械油の匂いから整備工とみる。細やかな観察だ。閉店間際という時間も労働を脱いだ本好きの若者を思わせ、生活感豊かな一首となった。この歌、定型表現が確かで、初心者の作ではない。少女時代に「第二の樋口一葉」と呼ばれた創作好きの才女、書店を営む折々に作歌を楽しんでいた可能性が高い。

たまさかの休日も暮れぬ夕はやく湯気たつ一つ鍋に向ひて　　昭和五十九年
人間のつくりしもののおそろしさ超高層五十階に夜の宴す　　同

忙しい日々の中に訪れる休日。二人のささやかな幸福を湯気の立つ鍋が教え、商いの歌ならではの味わいだ。夜景一望の魅力よりもそのような高さを積み上げる人間の技を危ぶむ。華やぐ風景の一歩奥を見つめる視線に、この人の観察眼の深さがうかがえる。

長かりし教科書裁判判決の暑き日枯木の如し先生は　　平成九年
日本のバカ番組に高笑ふ孫よ好きなだけ見て帰るべし　　平成十三年

長い長い裁判の果ての家永三郎を見つめながらの心寄せ。「枯木の如し」が氏の姿を痛々しく浮かびあがらせて切なさが増す。そして昨今の世相批判、いや、批判を通り越した見限りが「バカ番組」に込められている。

二首には身に引き寄せて危惧する社会への視線があり、この歌集の特徴の一つである。

わが生《あ》れて育ちし日下部駅前に寛、晶子の歌碑建ちてうれし　　平成十三年

歌碑が建てられたのは山梨市駅前なのに遠い日の日下部駅を選ぶ。自身の人生と分かちがたい地名だからだ。産土《うぶすな》への尽きぬ愛着がそこから広がり、言葉選びのセンスが光る。

イヤホーンに「ゴンドラの唄」流れきて病棟の夜更け枕を濡らす　　平成十八年

夜更けの病床で独り聴く「いのち短し恋せよ乙女……」。眼裏には青春の無限が蘇る。人生の万感を込めた涙が切なくも美しい。

一人子を無事に育てしその後も仕事の花を咲かせ続けよ　　平成二十六年

娘の林真理子氏へのエールと叱咤。ますます豊かに咲かせ続ける現在に安堵なさっているだろう。歌集はこの年の歌で結ばれる。

その二十六年九月、私は関戸公子氏から機会をいただき「美知思波」大会で講演した。しかし、みよ治さんはもう参加できなかったはず。お目にかかる機会はなかった。

歌の徳　哀楽を……　三枝昻之

次の歌を詠んだのは五年ほど前だった。

哀楽を歌にかえたるやすらぎを想いて新聞選歌を終える

昻之『遅速あり』

当時は山日文芸短歌欄と日経歌壇の選歌をしていた。この歌がどちらの作業に触発されたのかはわからない。肝心なのは選歌をして感じた、なぜ人は暮らしの哀楽を短歌に託すのだろうか、という思いである。それは私たち歌人たちにも通じる問いである。

歌は「筋トレ」八首一連からで、「ゆくりなく茶飲み話に浮かびたる歌の徳を説く佐佐木信綱」を受ける形で配置されている。連れ合いと午後三時のお茶を楽しみながら誰かの歌の話題になり、そこから信綱の説や新聞歌壇に思いが広がった。そんな展開である。

歌は抒情の器だが、それだけではない。古今集仮名序は天地を動かし、男女の仲を和らげるのが歌、と説いている。そうした働きが歌の徳である。人生のラストメッセージを歌に託す伝統も、一首の歌が小さなやすらぎをもたらすことも、その働きと無縁ではない。

近代以降の短歌は自分の感じたこと、考えたことを詠う世界だから、〈自我の詩〉や〈写生〉といった主張をしても〈歌の徳〉といった古めかしい特徴は佐佐木信綱以外には言わない。しかし、「オレがオレが」といった自己主張の競い合いではすくい上げることのできない世界が短歌にはあるよ、それも大切だよ、と信綱は説いているわけで、この短歌理解には共感させられる点が多い。

話を新聞歌壇に戻し、過去の山日文芸から二首を読んでみよう。


亡き夫《つま》がただ一度手を通したる背広を夏の風に当てており　　保坂富美子

平成二十（二〇〇八）年の年間賞作品。もう袖を通すこともない夫の背広に風を当てる。

ごくささやかな行為を保坂さんはなぜ歌にしたのだろうか。詠むことによって亡き人への思慕が、改めて切なく、心に根づくからではないか。そう感じたときのささやかなやすらぎ。

大皿に天ぷらサラダ山盛りにパラサイトシングル三人もいる　　中沢明子

平成二十六（二〇一四）年の年間賞作品。もう一人前なのに独り立ちしそうもない三人の子。その旺盛な食欲にうれしい悲鳴を上げている。パラサイトシングルという時代の言葉を活用しながら表現を楽しんでもいる。その工夫が確かな手触りになったときの手応え、その小さな自足。

今日を限りの通勤電車の窓の外スカイツリーを追えば目に沁む　　白石勉

日経歌壇からも一首。「追えば」に通勤最後の感慨がこもる。五七五七七の短歌の七七は心を述べるパート。「スカイツリーを追えば目に沁む」がその無量の思いを担って、白石さんのこの日の感慨を永久保存している。

こうした特徴は新聞歌壇だけのものではない。教科書に載ることが多い長塚節「垂乳根《たらちね》の母が釣りたる青蚊帳《あおがや》をすがしといねつたるみたれども」ではたるみを発見したから老いた母の配慮が身に沁み、「すがしといねつ」にたいらかな実感がこもるのである。暮らしの細部を掬いとるこうした短歌の特徴を石川啄木は次のように意義づけている。

形が小さくて、手間暇のいらない歌が一番便利なのだ。（略）歌といふ詩形を持つてるといふことは、我々日本人の少ししか持たない幸福のうちの一つだよ。

日記代わりでありながら文芸、詠うとささやかなやすらぎが心に広がる。近代百年屈指の短歌観である。信綱の「歌の徳」がこの幸福を遠くで支えている。

出会い　春日野の……　壬生忠岑

十月二十一日の午後、山梨大学教育学部附属中学に出かけた。二年生への出前授業のためである。附属中は私の母校でもあって、卒業は昭和三十六（一九六一）年。実に六十年ぶりの訪問。校舎二階の窓から甲斐の風景を眺めるのが好きだったから、やはり懐かしさは格別だ。

当時はまだ戦時が残っていて、校庭の東隅には何の施設だったか、廃虚となった木造の平屋があって、どの部屋の床にもガラスが散乱していた。しかしなぜか卓球台が一台残ったままの部屋があり、私たちは昼休みに競ってそこへ走り、卓球を楽しんだ。

すべては変わったが変わらないのが赤レンガ校舎。今は資料館のようだが、私たちの時代は音楽室、朗々と張り上げる小池先生の美声が耳底に残っている。担任だった萩原保正

山梨大学附属中で使用していた旧赤レンガ校舎

先生の写真が校長室に掲げられていて、懐かしく対面できたことも収穫の一つだった。

感慨はそのくらいにして、この日のテーマは短歌入門。短歌の特徴、鑑賞の仕方、作歌の心構えなど。六十年後の後輩たちに短歌の魅力を伝えようと張り切ったつもりだ。そのためだろうか、最後の質問時間に一人の男子が「なぜ短歌なんですか」と問うた。

予想外の問いともいえるが、よく考えるとこれはきわめてまっとうな疑問だろう。文学といえばまず小説である。明治の石川啄木は一に小説二に詩、それからしかたなく短歌だった。それでも相性がいいから短歌はスラスラ生まれたが。いまも同じで、村上春樹や辻村深月は知っていても現代の歌人を中学生はほとんど知らないだろう。つまり短歌は文学の中では片隅の存在なのだ。

六十年前の先輩はなぜそんなジャンルに熱を入れているのだろうか。生徒はそうした不思議な思いから質問したのではないか。

中学三年の時に東京の高校の入学試験を受けた。短歌を趣味にしていた父が高校一年の時に亡くなり、翌年編まれた遺歌集に私の受験を心配する歌があった。それを読んだときなぜか心に沁みた。親が子の受験を心配するのはごく自然のことだが、日記にその気持ちが綴られていたら感動しなかったと思う。しかし短歌にするとその想いが一歩深くなり、短歌はいいものだと感じ、作り始めた。

「試験運と云ふ事あれば今日の試験に困りてやゐむ四男昂之」。そのときの父の短歌を紹介しながら、私自身の作歌の発端を話して答えに代えた。わかってくれただろうか。

春あさき道灌山の一つ茶屋に餅食ふ書生袴着けたり　　与謝野鉄幹

作法ばかりがうるさいそれまでの和歌を敬遠していた鳳晶子、後の与謝野晶子は新聞でこの歌を読み、こんなに素直に詠んでもいいのなら私にも詠めそうだ、と短歌にのめり込んだ。

春日野の雪間をわけておひいでくる草のはつかに見えし君はも　　壬生忠岑

雪間を萌え出る若草にたとえた「はつかに見えし君」の繊細なイメージに惹かれて、わが連れ合いの今野寿美は短歌を始めた。

鉄幹や私の父三枝清浩の歌はほぼ日常報告の歌、表現の枠を思わせる忠岑の歌とはレベルが違うが、それでも人を短歌に導く発端の力では変わらなかったことになる。


露と落ち露と消えにしわが身かななにはのことも夢のまた夢　　豊臣秀吉

秀吉の辞世と伝わる歌。人はなぜ人生のラストメッセージを短歌に託すのだろうか。想いが一歩深くなるからではないか。

私が歌人となった発端の父の歌との出会いも、こうした特徴と多分無縁ではない。

戦争というもの

「沖縄県民斯ク戦ヘリ」…… 三枝昂之

昭和五（一九三〇）年生まれの半藤一利氏は昭和史研究の第一人者だが、今年一月に亡くなった。遺書というべき『戦争というもの』が出たのは五月である。

コロナ禍の自粛生活もあって書店に寄る機会がなかった私にある日、歌誌「富士」主宰の川﨑勝信氏から葉書が来た。半藤さんが遺書で昂之さんの歌を引用していると。

半藤さんの原点は、黒煙に追われて川に落ち溺死寸前となった昭和二十年の東京大空襲体験にある。再び戦争をしてはならない。その強い思いから戦時下の言葉を解説したのが『戦争というもの』である。山本五十六から河辺虎四郎まで、十四人の言葉とその解説で構成されているが、その中の大田実の項で私の一首を紹介している。

那覇空港と市内を繋ぐゆいレールが空港を出るとほどなく小禄《おろく》駅。その小禄周辺の激戦を担った司令官が大田実少将（後に中将）だった。

果敢に戦いながら万策尽きた大田は自決前に本土の海軍次官宛てに電文を打つ。沖縄戦において県民は忍耐我慢の極限においても日本人としての御奉公を胸に抱き沖縄防衛のために働いたと報告、次のように結んだ。

「沖縄県民斯ク戦ヘリ　県民ニ対シ後世特別ノ御高配ヲ賜ランコトヲ」

「非戦闘民にたいする美しい心遣いを示した軍人のいた事実を、わたくしたちは大いに誇っていい」。後に名電文として知られるこの電文に半藤さんはそう添えている。

昭和の大戦には軍人たちの迷言が多い。

昭和十六年四月に各界の逸材を集めた総力戦研究所を思い出しておこうか。研究所の使命は、日米開戦となったらどうなるか、そのシミュレーションだった。八月に出した結論が「日本必敗」。報告を受けて東条英機は「あくまで机上の演習」、戦争は「意外裡なことが勝利につながっていく」と退けた。だから大田の電文が際立つのである。

少将の最後の訴えはどこにいったかと問いながら、半藤さんは私の歌を紹介している。

「沖縄県民斯ク戦ヘリ」「リ」は完了にあらず県民はいまも戦う

「戦ヘリ」の「リ」は文法的には完了の助動詞。しかし戦後の日本政府は大田の訴えに基地だらけの沖縄という「御高配」で応え、今も辺野古への新設を進めている。だから戦いはまだまだ完了せず、「県民はいまも戦う」となる。歌は「じつに見事に、いまの悲しい事実を三十一文字にまとめています」。半藤さんのこのひと言が心に沁みる。

歌は『遅速あり』から。一連は「大田中将の最後の電文が浮かびたりゆいレールが小禄を過ぎゆくときに」と始まる。大田は中将の肩書きで語られるからそれを採用したが、ここでは少将の方がよかったかもしれない。

『戦争というもの』は当時の参謀次長河辺虎四郎の「予の判断は外れたり」で終わる。昭和二十年八月九日、日ソ中立条約を破ってソ連が満州へ怒濤の侵攻を始めたことを受けた日の手記に河辺はそう記している。

国境線にソ連兵が大集結していたのに楽観視した揚げ句の迷言。半藤さんはここに国際感覚の欠如した日本人の典型を見ている。この危惧は過去のことではないと感じる。

戦争は、国家を豹変させる、歴史を学ぶ意味はそこにある。

巻末にある半藤さんの言葉だ。

日米開戦は十二月八日。巻末に半藤さんが記したこの警告を心に刻みたい。

年賀状

誰もいないがみんな来ている……　三枝昂之

今年の年賀状書きは止めようと思っていた。いつも郵便配達の人に予約したが、それもしなかった。儀礼的な挨拶はもういいのではと思ったからだ。「今年で終わり」と断り書きを入れる友人も多くなっている。そうそう、去年は二百枚一束の年賀葉書が封を切らないまま残っていたのだった。

私のそんな気配を察知したのだろう。十二月になって連れ合いが郵便局に寄るついでに一束だけ購入してきた。「あなたや私にもまだ出すべき方がいるはずですから」と促しながら。

年賀状の宛名書きは一人一人への思いに誘われて悪くない時間だが、届いた一枚一枚を読むときがやはりうれしい。

忘れゐし女より来しさりげなき年賀の文《ふみ》のなつかしさかな　石川啄木

生徒《こ》の賀状読みかへしをりおのが名は書きなれつらむよく書きてをり　松田常憲

啄木は晩年と言うべき明治四十三（一九一〇）年の作で歌集未収録。啄木の相手でよく知られているのは釧路時代の小奴だが、上京後にお金の無心をしているから、歌の女性は彼女ではないだろう。ここでは「さりげなき」が肝心で、そこから交際の日々が素直に蘇る。だから「なつかしさかな」となる。この辺の心理の機微を表現するのが啄木は得意だった。

松田常憲は今の主要歌人の一人である春日真木子の父。大正十年代に常憲は鹿児島中学に赴任しており、賀状はその時の生徒から。

毎日のように会っていても、教え子からの賀状はうれしいものである。そのうれしさは文面でなく、字がうまくなったな、特に自分の名前がいいなあ、と筆跡に反応するところに表れており、いかにも教師らしい。

B0307組
498818
B0307組

時代や年齢を反映するのも年賀状の特徴だろう。

戦《たたかひ》をはさみ幾年書かざりし賀状を書けば恋ほし人びと　　高安国世『年輪』

ドイツ文学者高安国世に親しんだ人も多いはず。私はまず『ハイネ詩集』や『リルケ詩集』の翻訳者高安だった。だが土屋文明門下歌人でもあり、戦後に歌誌「塔」を創刊、今日の短歌を牽引する永田和宏の師でもある。

掲出歌は年賀状どころではなかった戦時を思いながら、時代の変化を噛みしめている。

世のつねのことと思へど職退《ひ》きし吾に来ずなりし賀状のいくつ　　山本友一『日の充実』

山本は重役として角川書店を支えた後に退職した。歌は届くのが少なくなった年賀状に世の一線を退いた者の哀感をこめている。

毎年楽しみにしている年賀状が私にもある。その中の一枚が二十代のときの同僚だ。勤めていた都立高校に赴任してきた四歳ほど年下の新人。爽やかな青年ですぐに飲み仲間となったが、四年ほどして故郷の信州に戻って教師を続けた。その彼から近況報告を兼ねた年賀状が今も届く。簡素な報告からは着実に歩み、大学にも職を得て、退職後も地域の文化を支えている彼の人生が見えてきて、その確認がうれしい。若き日の彼を想い、お互いの軌跡を重ねながらの、淡い絆ならではの懐かしさ。

儀礼的な挨拶であって儀礼を超えるもの、それが年賀状だろう。

そう思い直し、パソコンに向かって元日には到底間に合わない年賀状を作成した。よりシンプルを心がけながら。

皆さんにとってよい年でありますように。

誰もいないがみんな来ているまなうらに百年のちの日差しを受ける

昂之

令和四（二〇二二）年

歌会始

窓を拭く……　伊藤奈々

コロナ感染も年末には落ち着いたから、今年の歌会始は順調に実施されるはずだった。しかし一月に入って感染が急拡大、去年のように延期も危惧する事態となった。陪聴を絞り予定通り十八日に実施、参加者はＰＣＲ検査をと、十一日に連絡が入ってあわてた。

情報を手探りし、私と今野寿美は翌日、新百合ヶ丘駅近くのドラッグストアで検査、一安心した。しかしスマホに二日後には届くはずの結果が十六日になっても届かない。今野の着付けの必要もあり、十七日には新宿のホテルに入ることになっていた。陰性確認がなければ出席は控えねばならない。やむなく抗原検査キットを購入、なんとか二人ともクリアした。東京に蔓延防止措置が出たら実施できないから、ぎりぎりのタイミングだった。

今回のお題は「窓」。身近な題だから同じ内容が多く、特に「病室の窓」が目立った。

コロナ禍で面会できないから窓越しに手を振るというプランである。結局このプランは預選歌にも佳作にも選ばれなかった。身近で切実な題材は千人が同じ内容の歌を作るはず、と考えて工夫することが大切だ。

もう一つは同窓会。これは懐かしさでほぼ共通しているから、どう詠むか工夫が特に求められるが、一首が預選歌となった。

出来た子もそれなりの子も働いて働きぬいて今日同窓会　　藤井哲夫

上二句にはかつての商品のキャッチコピーが重なると疑問もでたが、「働いて働きぬいて」には敗戦後のゼロから出発した経済の高度成長を支えた世代ならではの感慨がこもると評価された。懐かしさだけだったら最終選考にも残らなかったはず。

今回の歌会始では愛子内親王の初参加に関心が集まり、私も期待して作品を待った。

英国の学び舎に立つ時迎へ開かれそむる世界への窓　　愛子内親王

イギリス留学時の心弾みを振り返っているが、一首の展開にのびやかな広がりがあり、爽やかな歌だ。下の句は「世界への窓開かれそむる」という組み立ても可能だが、「世界への窓」と結んだから心弾みがより強調される。題の受け方も確かで才能を感じる。

そうそう、佳子内親王の「窓開くれば金木犀の風が入り甘き香りに心がはづむ」の金木犀の花言葉は初恋、それが主題では、とあるメディアから電話取材があった。今回の歌会始で一番素直な季節を愛でる歌、そこに含みを読むのは無理、と答えた。興味を惹く記事もメディアの仕事だが、意図的な深読みを歌人が、少なくとも私が支えることはない。

当日は入選者と選者の懇談の場が最後に設けられる。そこで伊藤奈々さんという方から数万首からなぜ選ばれたかと質問があった。私を見ながらだったから次のように答えた。一千首一万首という単位で選ぶときにまずチェックするのはどんな場面か、場面が見えるかどうか。次に表現に工夫があるか。そして最後に歌が魅力的かどうか、と。

窓を拭く人現れてこの場所がほぼ空だつたことに気が付く　　伊藤奈々

新宿の高層ビル群越しに富士山を望む

この歌は高層ビルの窓からの風景だからまず場面はＯＫ。「ビルの上から」ではなく、いきなり「窓を拭く人現れて」と始めるから何事かと思わせる組み立てにも工夫がある。「ほぼ空」も効果的で、窓を拭く人を配したからビルの高さと空が強調され新鮮だった。

身近な環境も工夫次第で魅力ある歌になることを伊藤さんの歌は教えている。今回は最終選考九十二首に山梨の中学生二名、高校生一名が残っていた。もう一歩だった。

一呼吸の豊かさ

咲き継いで……　雨宮更聞

いつも夕方五時に季節ごとに変わる音楽がこの丘に流れる。秋は「この道」、今はなぜか「浜千鳥」、やがて「椰子の実」に変わるだろう。耳を傾けながら一段落に向けてパソコン作業を急ぎ、二十分頃にウォーキングに出る。歩くのも仕事の一つと思っている。測ったように同じ時間に歩くと季節の移ろいがよくわかる。ひと月前には闇に沈んでいた富士が、今は余光の空に浮いている。私だけのパワースポットで止まってしばし向き合い、一礼して戻り、庭で深呼吸する。

丘の梅が咲き始め、辛夷の蕾も膨らんでいる。歩きながらこうした季節を楽しませてくれるのは短歌ではなく俳句である。買い物に出て日差しに包まれると浮かぶのは石田波郷の「バスを待ち大路の春をうたがはず」、早春の梅ならやはり龍太の「白梅のあと紅梅の深空あり」となる。

なぜ俳句かと自問すると、季節に端的で一呼吸だからだろう。短歌は二呼吸でより人生に傾きがちだから、ふとしたときに口ずさむのは少々重い。次の歌はその一例だろう。

わが町にすがすがと咲くやまぼうし、むくげ、くちなし、白こそよけれ

岡崎洋次郎歌集『駆りてゆかまし』から。

岡崎氏は三菱商事で辣腕を振るったビジネスマンだった。退職後は大学教授に転じたが日本歌人クラブでも活躍、私が会長時代の六年間には一番難しい財政面から会を細やかに支え、私にとっては頼みの綱だった。お互いに退任する直前の令和二（二〇二〇）年に亡くなり、『駆りてゆかまし』は遺歌集となった。

歌が示すのは初夏から初秋の花だが、季節ごとのその白さを愛で、花に彩られた町の暮らしを愛でる。花には季節を告げるだけでなく、人々を励ます力もあることを教え、わが愛誦歌でもある。しかしふと口ずさむにはやはり少々長い。近くの花水木通りが花に彩ら

れる頃にエキス部分の「白こそよけれ」と口ずさむことがあるが、今度は少々短すぎる。届いたばかりの雨宮更聞氏の『目耕』はどうだろうか。少し読んでみよう。

桃 畑 越 し に 銀 嶺 直 人 亡 し

一呼吸で読み、ああ、いいなあ、と反応する。まず甲斐の春景がまなかいに広がってくる。そして「直人亡し」と添えるから「空が一枚桃の花桃の花」と季節を愛でた広瀬直人俳句と、広瀬氏追慕が風景と一つになる。

梅 二 月 往 か ね ば 為 ら ぬ 墓 前 あ り

雨宮氏は井上康明氏が主宰の「郭公」同人だが、境川・小黒坂に住み、蛇笏・龍太に学んだ直弟子中の直弟子だった。そのデータを重ねると二月の墓に眠るのは二月に世を去った龍太だろう。「往かねば為らぬ」に何を措いてもという、師への深い思いがこもる。

甲府盆地の桃畑

春場所や贔屓は常の平幕に

横綱大関ではなく平幕、しかも「常の」。ここがいいなあ。真摯だけれどもいま一つ。そんな姿が人生の味わいにもなって、愛したくなる力士像だ。

一村に一人の首長山笑ふ

首長が一人だけなのはあたり前だが、改めて言われてみると、そこからなぜかおかしみがにじみ出る。人生のベテランならではの余裕あるものの見方だろう。

咲き継いで継いでせはしき甲斐の春

甲斐にも梅が咲き始めただろうか。やがて桜の、そして桃の甲斐となる。せわしき花の甲斐の国を、好きな俳句を口ずさみながら二倍楽しみたい。

ひまわり　……何度聴いても……　土井絵理

近所の美味しかったロシア料理店が一時閉店してしまい、薄明かりだけが漏れていました。こんなメールが知り合いから届いた。三月二十二日のことである。

演習と偽ってウクライナ国境沿いに大軍を配置し、侵略し、破壊する。確かにプーチンは戦争犯罪人だが、NATO拡大がウクライナに及ぶことは看過できないと彼が繰り返す度に、私は昭和日本の満蒙問題を思い出す。

〈満蒙はわが国の生命線〉と主張したのは松岡洋右、〈満蒙を領土とすれば解決〉は石原莞爾《かんじ》。これが効果的な標語となって国民に浸透した。素人感覚では日本の生命線は日本海だろうが、大陸へ出るからソ連の南下政策と衝突、満蒙が生命線となる。この時期に満蒙放棄を強く説いた石橋湛山が改めて思われる。

ポーランドやバルト三国はなぜＮＡＴＯを頼ったか。東のプーチンが危険だから西のメルケルを選んだ。わかりやすい選択である。

市井の訳知り顔はこの辺にして、「短歌研究」昭和十二年十月号の歌を思い出したい。

事変おこりて客足たえし支那人床屋ニユウスの時をラヂオかけ居り

日比野道男「兵を送る」七首から

町に溶け込んでいた中国人理髪店の客足が突然途絶えた。原因は昭和十二（一九三七）年七月七日に北京郊外の盧溝橋から始まった日中戦争である。掲載誌から逆算すると作歌はたぶん八月下旬、事変が急展開した時期である。

戦争が早くも市井の民族意識に作用したことを日比野の歌は教えている。昨日までは民族意識などとは無縁の交流によって営まれていた人々の暮らしに突如裂け目が生まれた。理髪師は客足の絶えた店内でラジオをかけ、耳を澄まして沈静化を祈っている。そこから生活者のささやかで切実な願いが広がる。

思い出すのは平成二十（二〇〇八）年六月末から九日間のＮＨＫ学園の海外スクーリング、同行講師として参加したクロアチアの旅である。

ハイライトの一つであるプリトヴィツェへ向かうとき、バスの運転手が「ＧＰＳで確認すると近道がある」と予定を変更、狭い村道に入った。畑ではグリム童話に出てきそうな大きな鎌で農夫が草刈りをしていて、百年変わらない農村風景に感激しているとやがてドクロマークが表れた。地雷注意の標識、ユーゴスラビア内戦の置き土産だという。

同じ村で暮らしを支え合った農民たちがセルビア人とクロアチア人に分かれて対立し、武器を向け合う。廃村はセルビア人の地域だという。村の暮らしよりも強い民族意識の不可思議な力を見せつけられた現場だった。

民族意識に市井の暮らしが感染し、一つの生活が弾き出される。昭和十二年の理髪師はあの廃村の人々であり、今日の東京のロシア料理店でもある。あなたは大丈夫ですか。そう彼らは問いかけている。

ロシア料理の定番ボルシチはウクライナの伝統料理、ウクライナ国旗の青と黄は青空と麦畑だという。中学の授業でウクライナは豊かな黒土地帯と習ったことを思い出す。

坂田明の吹く〈ひまわり〉を聴いて泣く何度聴いても泣けてくるなり

「りとむ」五月号土井絵理作品から。二月中旬ならジャズサックス奏者坂田の演奏が歌の主題と読むだろう。しかし今は違う。誰もが名画「ひまわり」の舞台を踏みにじるロシアの理不尽を読み、共鳴する。あの豊穣な黒土を焦土にする力への静かな怒りとやり場のない悲しみ。

歌は非力だ。しかし無力ではない。

折々の歌

詠わずにいられぬ……　坂本初美

ロシアのウクライナ侵攻が今の新聞歌壇を覆っている。その理由を考えてみたい。

ロシアのウクライナ各地への侵攻開始は二月二十四日だった。それが山日文芸の三枝浩樹選歌欄に反映した最初は三月二十日付、大森美樹さん〈着信音「ウクライナ国歌」に変更し戦争反対の祈り捧げる〉、寺田文代さん〈ウクライナの国旗の青のそら仰ぎただ祈るだけ極東のわれ〉などが並ぶ。

私が選をしている日経短歌欄はどうか。三月二十六日付の神窪雅代さん〈ウクライナの子守唄とはつゆ知らずもいちど歌わん花はどこへ行った〉が最初で今も続いている。

侵攻が始まって驚き、注視し、詠み、投稿する。そのプロセスを考えると、山日も日経も即詠に近い作品である。二年前からのコロナ禍でも同じだった。なぜ短歌は世の動きに敏感に反応するのだろうか。

二十年ほど前に私は古代文学研究者の古橋信孝氏に批判されたことがある。そのことに遡りながら考えたい。

私の「学校」という一連に湾岸戦争を詠った「ジュウタンを空に泳がすまぼろしに二十世紀はわれらは及かず」などがあり、それを古橋氏は次のように批判した。

歌人が思想詠や時事詠を大切にするのは戦後的な観点にこだわっているからだ、それを捨てて古典詩という本質に徹する方が現代への批判になる、と。思想や時事は詠うな。これは大切な苦言である。

暮らしの中で世のもろもろに小さく反応する心動きがあり、それを記録する心の地震計を考えてみる。たとえば平成十一（一九九九）年五月ある日のわが心の地震計は庭の杏が実を結んだ微震に反応し、ユーゴスラビアのコソボ情勢にも反応する。杏には反応してもいいがコソボへの反応は歌の本質からはみ出すと言われては、〈折々の歌〉という短歌の大切な領域が成立しなくなる。私はそう応えた。古橋氏は私の動機を思想詠と読み、私は日々の微震に反応する折々の歌を意識したのである。

詠わずにいられぬこの世あまりにもいろんなことがこころに刺さる　坂本初美

山日文芸三月二十日付のこの歌、今日のウクライナ問題への反応が多い理由を教えている。

坂本さんの歌には暮らしの中で反応せざるを得ない生活者の目線がある。家族の動向やスーパーの店先の価格変化、今日の空模様、そしてウクライナやコロナ禍など。その雑多な情報に反応する心の地震計。「詠わずにいられぬ」と受け止める〈折々の歌〉にこそ暮らしの文芸としての短歌の特色がある。

思想詠は滅びやすく、暮らしの折々の歌は色褪せない。

国民を敵とせずとは首相もいふ抗日の愚を思ひ知るべし　土岐善麿『近詠』

事変おこりて客足たえし支那人床屋ニユウスの時をラヂオかけ居り　日比野道男

日中戦争時のこの二首を比較すれば、前回紹介した後者の目線の方が暮らしの深部に触れて今日にも生きることがわかる。

古橋氏について少し補足しておこう。氏は日本の歌の起源を神謡に求めた緻密な論で注目され、その後の成果も豊かで私も多くを摂取している。戦後のいわゆる第二芸術論による短歌批判以後歌人たちは思想詠に拘りすぎている、そんなに無理する必要はない。氏のこの危惧はよく分かる。

その通りだが、折角この伝統詩に関わるのだから、思想詠も折々の歌もと欲張りたい。私はそう思うが、また叱られるだろうか。

村上春樹

さまざまな契機を……　三枝昂之

暮らしの中に訪れる余白のような時間には詩集を読む。短歌や俳句は仕事がらみになりがちだし、小説は時間を要求される。けれども映画「ドライブ・マイ・カー」の評価が高いので、今回は原作の村上春樹短編集『女のいない男たち』を選んだ。熱心な読者ではないが村上春樹のファンではある。長編では『世界の終りとハードボイルド・ワンダーランド』と『ノルウェイの森』、短編集では『東京奇譚集』がわがお勧めだ。

サンドイッチを食べる。ペリエを飲む。ピザを囓る。彼が描くととても美味しそうで、会話の呼吸もこころよい。それだけでも十分だが、多くの話に通底するのは取り戻す術のない喪失感。そこにも惹かれる。

「ドライブ・マイ・カー」は愛し合っていたはずの亡き妻はなぜ四人の男性と関係を持っ

たか。もう解きようのない謎に彷徨う男の話だが、私は「イエスタデイ」の方に傾く。

僕のバイト仲間の木樽には小学校の時から付き合っているえりかという恋人がいる。えりかは上智大生となるが、木樽は早稲田以外に進学する意志はなく、受験勉強もおろそかにしているから二浪のまま。それでもお互いにとって今も一番大切な相手。僕もその素敵なえりかと二度会っている。

しかし木樽はキスより先に進めない。幼馴染みだから服を脱がしたり身体を撫でたり、改めてそういうことをするのがきまり悪いんや、と僕に不可解な説明をしている。

その木樽が突然バイトを止め僕やえりかの前から姿を消す。そして時が流れる。もの書きとなった僕はあるパーティーで主催者側のえりかと出会う。十六年経ってもすぐに分かった。木樽はいま米国のデンバーで寿司職人として働いている、馬鹿みたいな葉書が忘れた頃に届く、とえりかが教える。僕がふとひらめき、君はテニス部の先輩と寝たんでは、と問うと驚きながらえりかが頷く。木樽が二人の前から消えたのはそれから間もなくだった。「アキ君はかなり鋭い直感力を持っていた」とえりかがため息をつく。

あとは本を読んでほしいが、物語は木樽が奇妙な訳詞で歌っていた「イエスタデイ」を思い出して終わる。余韻の広がる結びだ。

手軽な性も多い昨今だが、村上春樹の世界では性はとても切実な要素だ。小説の中でベストの性行為は『ノルウェイの森』の僕とレイコさんのそれ。私はそう思っている。僕は恋人直子を喪い、レイコさんは親身になって保護してきた直子を喪う。喪った者同士の喪失感を深く共有するための性行為。

『東京奇譚集』にはカフェで知り合い、親しくなった女性に誘われるが、ゲイであることを告げて別れる。そんな「彼」がいる。

「イエスタデイ」の木樽も喪失といえば喪失だが、もう少し繊細に、自分の中のえりかが別の道へと促した。そんな感触だろうか。

書名にならえば木樽は女のいない男、えりかも男のいない女。それで問題は何一つないが、人生は、特に青春はなぜ回り道ばかりで傷つきやすいのだろうか。拙さばかりだった私自身の青春を木樽とえりかが蘇らせる。


さまざまな契機をつかみかつのがし手はふたひらのあやめのごとし　昂之

わが三十代の歌集『暦学』から。あやめは花、そして織物の文目。古歌の「文目も知らぬ恋」が遠く作用している。

昨秋オープンした早稲田の村上春樹ライブラリーは、館長の十重田裕一教授と関係者が開館前に二度、山梨県立文学館を見学に訪れた。機会があれば早稲田に出かけて春樹ワールドを楽しんでほしい。

行きつけ　よきシェフは……　三枝昻之

山梨県立文学館に通うようになってもう十年になる。その最初の年に私と同時に赴任してきた副館長が県職員の酒井研一氏。

酒井氏は酒豪でグルメ、お薦めの多くの店に私を案内してくれた。寿司ならここ、居酒屋ならあそこ、といった具合に。その一つが甲府・弁天通りの「スコット」。昔ながらの洋食屋さんの雰囲気を残すこのレストラン、すぐに私のお気に入りとなった。

今はコロナ禍のために文学館通いが変則的だが、通常は月に一度は一泊二日の勤務をする。その時はスコットに行くことが多い。メニューは決まっていて、エビフライと赤ワイン。このエビフライがとびっきりの美味、わが至福のひとときである。

その至福がなくなる。一報は春日小学校（現・舞鶴小）のマドンナだった同級生からの六月初めのメール。早く予約をと促しながら。

六月二十二日付の山梨日日新聞に「甲府の洋食店『スコット』あす閉店」と見出し付きの記事があった。開店は昭和三十二（一九五七）年、スコットは私が育った桜町の一筋西にあり、ご近所という距離だが記憶にはない。外食を楽しむということがわが家にはなかったからだろう。同じ町内だったマドンナは家族で折々に楽しんでいたようだが。

そのスコット、早速予約を入れ、二十一日のディナーを近しい三人と楽しんだ。予約殺到のはずだからあらかじめコース料理を注文、「海の幸盛り合わせ」を私だけエビフライに替えてもらって。

田村元というお酒大好き人間の歌仲間がいて、酒場通いが高じてエッセイ集『歌人の行きつけ』を出した。斎藤茂吉は「銀座・竹葉亭」、宮柊二は新宿西口「ぼるが」、小中英之も新宿「どん底」、かつてのりとむ歌会二次会も新宿「石の家」といった具合に。現地踏査付きだから趣味もちゃんと兼ねている。一例は佐藤佐太郎「歩道」の次の一首。

電車にて酒店加六《かろく》に行きしかどそれより後は泥のごとしも　　佐藤佐太郎

わざわざ電車で行き、前後不覚になるまで痛飲する。若い頃の佐太郎らしい歌だが、さて加六はどこにあったのか。田村元の探索が始まり、昭和十年の銀座の地図に「嘉六」があることを突き止める。この店、上等な菊正宗を出すことで知られていて、国木田独歩の短編にも出てくるとか。

青磁社の「牧水賞の歌人たち」というムックの第八巻が『三枝昻之』。私に関係する甲府地図も載っている。実家や春日小や山梨大附属中、県立文学館の場所、そして行きつけの甲府駅北口の割烹壇とスコットなど。壇は小中時代の同級生が経営、よく同級生と出会ったがだいぶ前に閉じた。今回のスコット閉店でわが地図の行きつけはゼロとなったわけだ。

スコットでも多くの出会いがあった。桜町の「お嬢様」だったよう子(「よう」の表記を失念、失礼!)さんから声をかけられたこともあり驚いた。兄同士が同級生だったこともあって親しかったが、「よう子ちゃんはお前たちには無理だ」と言われて妙に納得した覚えがある。私に無理なら兄貴にも無理だろうに。今は文学館の近くに住んでいて、どう

RESTAURANT Scott's
Scott's
オムライス
ミートソース
カツサンド
エビカレー
スコットおすすめ
スコットスペシャル
ハヤシライス
RESTAURANT
Scott's
レストラン
スコット

スコット

やら地縁は淡く続いているようだ。
行きつけならではの出会い。みんなスコットを愛していたからこそ。歌人ならばやはり愛惜を拙い短歌にこめるべきだろう。

よきシェフはよき刻《とき》を生む友を呼ぶ弁天通にスコットありき　　昂之

「ありき」と過去形になったのが残念だが、ともかくも感謝である。

小川正子

幼さなだちは……　小川正子

「癩は天刑である」。明石海人歌集『白描』はこの一言から始まる。「療養歌人」という系譜も短歌にはあるが、『白描』はそれを遥かに超えて歌の力で短歌史に残っている。

父母のえらび給ひし名をすててこの島の院に棲むべくは来ぬ　　明石海人

本名の野田勝太郎を棄てて別人になる他ない境遇を呪っている。呪いながら向かう先は瀬戸内海の長島愛生園。

その『白描』に長歌「御快癒を待ちつつ」があり、「『小島の春』の著者小川正子先生に捧ぐ」と詞書が添えられている。君を少女らも「むくつけき不自由者我らも母のごとまた姉のごと」く敬っていた。はやく治ってまた園を守り、「うつくしき御歌も詠みませ」と長歌は念じている。反歌二首があり、「こもりますわが師の君のおもかげも現《うつつ》に見えておもひの傷む」がその一首。

患者が海人、医師が正子。二人は期せずして『白描』と歌文集『小島の春』によってハンセン病の苦難を世に知らしめた同志だった。

今の笛吹市春日居町に生まれて医師になり、救癩に命を捧げながら結核に倒れ、無念の帰郷をして昭和十八（一九四三）年に亡くなった正子の軌跡はよく知られている。今回は『小島の春』と帰郷後の短歌を通して正子の一端に触れておきたい。『小島の春』でまず注目したいのは風景描写の細やかさである。

穂麦の畑、桑の芽のめぶける畠みちを山の方へ次第に高くなる道を上がって行く、いささかの川も清く澄み流れて、それを囲む雑木もめぶき、桃の花は散りしき、梨の花は白く咲き誇っている。

山中深く分け入って病者に癩の伝染性を説く一節だが、病名も知らずに籠もる暮らしと自然の無垢の営みの対比が切なくも美しい。

『小島の春』は歌物語でもある。


うつむきてすみれはさくに眼をあげて癩伝染を云ひてめぐるも

この歌は次のくだりを受けている。

「癩が伝染でなかったら——この儘にしてでもこの不幸がいつか世の中から自然と絶えるものであるならば」と煩悶しつつ「私は病気の父親を妻から、子から、その愛着から奪って連れて行かねばならなかった」。その引き裂かれるような決意が、「眼をあげて」に凝縮されている。そして、俯いて咲くすみれがその決意を導いてもいる。

春日居に戻った正子の短歌も味わい深い。


幼さなだちはよき母となり妻となりわれ独り来しふるさとの山

独りのまま帰郷した私を幼い頃のままの山が見守っている。その無量の包容力。ここには妻を全うせず母ともならない自分を振り返りながら、人はどう生きるのがいいのか、正解のない問いの前にたたずむ正子がいる。

よしもなき大人となりしかなしさがむねを噛むなりふるさとの山

信念を全うできず、不治の病に倒れた無念。その正子を抱きとめる故郷のかぶと山。「むねを噛む」に強い痛みがこもる。

ひたすらにまちにし春は水車場のあんずの花と咲きいでにけり

ここには心身の弱った正子がいる。春を待つ心が縋るように見出すあんずが切ない。
今回は小川正子記念館の窪田たけみさんが多くの資料を提供してくださった。それを読みながら思ったのは、全歌集に近い小川正子歌集が欲しいということだった。

今年は正子生誕百二十年、来年は没後八十年。二つの節目が歌人小川正子の再評価を求めている。

笛吹・JR春日居町駅前の小川正子歌碑

帰還兵士

こゑひくき……　斎藤茂吉

昭和二十（一九四五）年七月六日から七日にかけて甲府を空襲が襲い、逃げ惑った人々の中に母がいて、母の背中の私もいた。一歳半だった。あの夏は実に慌ただしい。広島への原爆投下は八月六日、日ソ中立条約を破ってソ連の宣戦布告は八日、長崎は九日。米軍の鹿児島鹿屋基地爆撃による柳原白蓮の息子香織の死は十一日、聖断による終戦決定は十四日、玉音放送録音はその日深夜。そしてソ連の樺太占領は十六日。北海道も狙われた。列挙するだけで七十七年前の夏の緊迫が蘇るが、今回はその後の日々を振り返りたい。

敗戦前後の歌壇には「短歌研究」と「日本短歌」二誌があった。前者は専門誌、後者は投稿雑誌と一応の棲み分けがあった。

その「短歌研究」は五月から八月は発行できず、再開した九月号は戦中に企画した戦中最終号、内容的な戦後一号は十月号だった。

「八月十四日ヲ忘ル、ナカレ、悲痛ノ日」と八月十五日の日記に記した斎藤茂吉は故郷の山形県金瓶村《かなかめ》（現・上山市金瓶）に疎開していた。その茂吉、九月五日は朝食後に「作歌ニテモセンカトオモヒヰタルトコロニ」来客があって中断、その後に作歌を再開したのだろう。手帳に記した七首の中に次の二首がある。

沈黙のわれに見よとぞ百房の黒き葡萄に雨ふりそそぐ
こゑひくき帰還兵士のものがたり焚火を継がむまへにをはりぬ

十日には「古峯神社旧跡ニ至リ沈思作歌」して「松かぜのつたふる音を聞きしかどその源はいづこなるべき」を作った。「短歌研究」十月号巻頭を飾った「岡の上」七首の中にその三首がある。

　敗戦後の悲傷を詠った代表歌と評価されるこの一連、「沈黙のわれに……」が特に有名だが、私は帰還兵士の歌により惹かれる。

帰ってきた兵士を村人がねぎらい、焚火を囲む。しかし兵士の報告はすぐに終わってしまう。告げることがないからではない。話は尽きないが、悲しみが深くて言葉を失うのである。村人もその心がよくわかる。語る者も聞く者も寡黙に沈むその心を「焚火を継がむまへにをはりぬ」がよく表している。

松風の歌の「いづこなるべき」には見えない先行きへの手探りがこめられている。敗戦の慟哭を鎮めながら人々はどのように自己と向き合ったか。その切ない内省を「岡の上」は静かに教えている。そのことで思い出すのは朝日新聞八月二十一日付掲載の大佛次郎「英霊に詫びる」である。

八月十五日の夜は眠れなかった。大佛はまずこう始める。亡くなった身近な人々が浮かんでくるからである。麦酒を飲みかわしたゆかいな若い新聞記者、注文しなくても大佛の好きな鮪をさばいてくれた横浜の「出井」の主人、和歌に熱心な町のお医者さん。みんな静かな普通の町の人たちだった。そして大佛は彼らに告げ、自分に言い聞かせる。

生き残る私どもの胸を太く貫いてゐる苦悩は、君たちを無駄に死なせたかといふ一事に尽きる。繕ひやうもなく傷をひらいたまゝ、私どもは昨日の敵の上陸を待つてゐる。冷静にせねばならぬ、我々自身が死者のやうに無感動にせねばならぬ。

こうした自省の日々の風向きは九月下旬に変わる。朝日新聞の発禁など占領軍検閲が開始、米国賛美の記事が多くなるのである。

茂吉と大佛次郎の歌と随筆。そこには占領開始前の静謐の日々に人々が示した内省と鎮魂が香り高く示されている。ときにはその日々を思い出すことも大切ではないか。

法然院

われを呼ぶ……　河野裕子

歌人の河野裕子さんが亡くなってもう十二年になる。その河野さんの納骨式が九月八日に行われた。場所は京都東山の法然院。鹿ヶ谷にある名刹である。

亡くなった後、河野さんは岩倉の自宅にいた。埋葬すると河野が遠くなってしまう、と連れ合いの永田和宏氏がためらっていたからだ。去年だったか、永田氏が河野さんとの思い出の哲学の道周辺を散策、法然院の墓域で名著『「いき」の構造』の九鬼周造の墓の隣が空いていることを知り、ここなら河野も安心なのではと即決したのだそうだ。

以前そこは歌人川田順の先妻が眠るお墓だった。戦争中の厳しい日々にも順はしばしば訪れ、妻と会話し、歌を詠んでいた。そういう点では短歌ゆかりの墓地でもあったわけだ。

河野さんのお墓が決まって私は安堵した。

年齢は私より二つ下だが同じ時期に歌人として活動を始めたこともあり、時代の変転を共有してきた仲間でもあった。だから河野さんならどう見るだろうか、ときに会いに行きたくなる。大ヒットした「千の風になって」では〈私〉は墓に居ないで自由に大空を吹いてゆく。いい歌詞だが、会いたいときに居ないのではやはり困る。五年ほど前だったか、会いたくなって岩倉の家にお邪魔したことがある。ご子息の淳さんに頼んで。

その河野さんは、しかし、私たち世代の価値観を無視し続けた人でもあった。

私たちが短歌を始めたのは大家に認められてデビューすることをよしとしない同人誌の時代。永田和宏も福島泰樹も伊藤一彦もみんな新人賞を無視していた。ところが河野さんは角川短歌賞を「桜花の記憶」で受賞した。

われを呼ぶうらわかきこゑよ喉ぼとけ桃の核ほどひかりてゐたる

これが新鮮な青春歌だったから新人賞への注目度が一気に高まった。私が福島泰樹たちと「反措定」という同人誌を創刊して突っ張っていた昭和四十四（一九六九）年のことである。河野さんのあとに松平盟子、今野寿美、栗木京子などが続いて、女性歌人の時代到来となった。

河野さんの真骨頂はその後も私たちの尺度を超えた作品を作り続けたことだろう。

たつぷりと真水を抱きてしづもれる昏き器を近江と言へり　『桜森』
病むまへの身体が欲しい雨あがりの土の匂ひしてゐた女のからだ　『母系』
手をのべてあなたとあなたに触れたきに息が足りないこの世の息が　『蟬声』

歴史がぶ厚く眠る近江とは何か。この問いを端的に受けた一首目は、時代を超えた地霊の核心を捉えている。大和を詠った前川佐美雄の「春がすみいよよ濃くなる真昼間のなにも見えねば大和と思へ」と双璧だろう。佐美雄は大和論、河野さんは近江論。

二首目は切実な願いが四句目の大字余りを生んで迫力があり、三首目は痛切な辞世。私たち世代を遠く超えた存在だったことを改めて痛感する。

納骨翌日の九日、法然院では永田和宏・河野裕子二人の歌を刻んだ歌碑の除幕式があり、

京都・法然院の永田和宏・河野裕子歌碑（永田家提供）

私も除幕に加わった。

きみに逢う以前のぼくにあいたくて海へのバスに揺られていたり　　永田和宏

第一歌集『メビウスの地平』のこの歌、それまでの世界が一変してしまった君との出会いをリリカルに詠っている。河野さんの歌は「われを呼ぶうらわかきこゑよ……」。恋が始まった時期の歌が並んだこの歌碑、相聞歌の魅力を教えて、法然院の大切なスポットになるだろう。

いい着物を――　一葉の歌おもむろに……　今野寿美

山梨県立文学館の樋口一葉生誕150年展の関連企画として、十月二十二日に今野寿美とトークを行った。小説は一葉、和歌は本名のなつだから今回はなつの和歌をめぐっての検討が企画展の主題の一つだった。そのためには与謝野晶子を視野に入れるのがいいと考えて来てもらったのである。今野には『24のキーワードで読む与謝野晶子』や二十版となった今野の現代語訳付き角川文庫『みだれ髪』があり、プランには最適の対談相手でもあった。

一葉の歌おもむろに忘れられ逝きて五年後「みだれ髪」出づ　　今野寿美

樋口一葉の和歌について対談する今野寿美さん（写真右）
と筆者＝山梨県立文学館

トークが終わって帰宅し、反省会を兼ねた夕食の席でまず図録でも触れたこの歌が話題になった。一葉が亡くなったのは明治二十九（一八九六）年、『みだれ髪』は三十四年。一葉は満二十四歳八カ月の若さだった。あと十年、せめて五年は生きてほしかったね。そう頷きあったが、そのとき私は『みだれ髪』が出た年の歌人樋口なつを想像していた。

おく霜の消えをあらそふ人も有《ある》をいはゝんものかあら玉のとし

戦死者も少なくないのに新年を祝っていていいのか、と嘆くこの歌は日清戦争が始まった翌年の作。詞書「としのはじめ戦地にある人をおもひて」がある。なつは表現の筋力が柔らかく、この歌のように題詠を超えた社会への冷静な目も生きていた。『みだれ髪』出現という五年後の大変化にも柔軟に対応し、独自の和歌革新を進めたのでは、と考えたのである。個性のまま自由にと「おのがじしに」を標榜して和歌革新を進めた佐佐木信綱は同年生まれの旧知の間柄、なつの短歌活動を支えたはずだ。

今野はしかし、頷きながらも、予想外の反応を返してきた。

いい着物を着せたかった。いい小説を書いて五年後には収入も増えているはず。一葉も晶子も着物には細心だったから。
そのことは一葉の小説、たとえば「たけくらべ」の美登利の描写に表れているという。次の一節を引用してみよう。

柿色に蝶鳥を染めたる大形の浴衣きて、黒繻子と染分絞りの昼夜帯胸だかに、足にはぬり木履《ぼくり》こゝらあたりにも多くは見かけぬ高きをはきて、朝湯の帰りに首筋白々と手拭さげたる立姿を、今三年の後に見たしと廓がへりの若者は申《もうし》き。

鏑木清方の「たけくらべの美登利」はこのくだりを詳細に絵画化している。山梨県立文学館で開催中の樋口一葉生誕150年展でしか鑑賞できないこの絵、ぜひ実物に会っていただきたい。
そうか、着物ね。私はいたく打たれた。萩の舎《や》入門の発会にも着飾った令嬢の中で、なつは古着を仕立て直したものだった。

「塵中日記」「ちりの中」「水の上日記」。日記のタイトルからは、ぎりぎりの暮らしに耐える姿が、そして流れに任せる他ない不安定な日々が見えてくる。美登利の着物姿を細やかに描写しながらも、なお塵の中で働いて働き続けるほかなかった樋口なつ。「いい着物を着せたかった」。嘆きには一葉樋口なつへの深い心寄せがこもる。

あふ事はうす墨にこそ成《なり》にけれ今もしほ草かき絶えぬべき

この色紙、「筆跡から一葉最晩年のものと見られる」と今回の図録は示している。藻塩草はかき集めて潮水をそそぐ海草で「書く」の縁語。〈逢った日々は遠い昔のことになってしまった。その思いを書くこともうできなくなってしまう〉。儚い恋を見つめながらの最後の嘆きだろう。読めば読むほど、知れば知るほど、一葉樋口なつがいとおしくなる。

後鳥羽院

限あれば……　後鳥羽上皇

ＮＨＫで放映中の「鎌倉殿の13人」の主要な一人が後鳥羽上皇。演ずる尾上松也が意を決して洩らす「義時、許せん」が印象に残っている。幕府打倒を試みた承久の乱はあっという間に敗北し、上皇は隠岐の中ノ島に配流となった。

都に戻ることなく今の島根県海士《あま》町で十九年間を過ごし六十歳で世を去ったが、町はご遷幸と呼んで後鳥羽院を大切にしている。その一つが毎年の隠岐後鳥羽院大賞（和歌・短歌・俳句部門）。私は短歌部門の選を担当している。

去年がそのご遷幸八百年。節目の行事がコロナ禍で今年に延期され、短歌俳句の合同イベントも行われた。そのパネル討論での私の役回りは、上皇が推進した新古今和歌集時代の後鳥羽院作品と遷幸後の「遠島百首」の違いと特徴を説明することだった。

ほのぼのと春こそ空に来にけらし天の香具山霞たなびく　新古今和歌集

桜咲く遠山鳥のしだり尾のながながし日もあかぬ色かな　同

前者は万葉集「久方の天のかぐ山この夕べ霞たなびく春立つらしも」などを踏まえているが、風景と調べの伸びやかさがこころよく溶け合った一首だ。後者は〈桜の咲く遠山の景色はいつまで眺めても飽きることがないよ〉となるが、遠山と山鳥の掛詞、柿本人麻呂の「あしびきの山鳥の尾のしだり尾のながながし夜を……」の本歌取り。さらに歌は遠山桜を高齢の藤原俊成に重ねて、「見れどあかぬ」と俊成九十の賀への祝福も含んでいる。周到なこの歌、後鳥羽院の自信作でもある。

では配流後の「遠島百首」はどうか。「われこそは新島守よ隠岐の海のあらき波風心して吹け」がよく知られているが、まだ帝王気分のままのこの歌、私は食指が動かない。

限《かぎり》あればかやが軒端の月も見つ知らぬは人の行末の空

人の命には限りがあり定まっているから、このように永らえて粗末な茅の家の軒端で月を眺めることにもなった。つくづく人の運命は分からないものだ。歌はそう嘆いている。

後鳥羽院は新古今時代屈指の修辞を誇った歌人だった。しかし承久の乱で敗れ、隠岐の暮らしの中で吐露したこの歌、境涯へのしみじみとした嘆きがあり、心に沁みる。「遠島百首」はいくつか伝わるが、隠岐神社所蔵の「遠島御百首」はこの歌で終わる。

わかりやすく図式化すると、配流以前の後鳥羽院はテクニカルで色彩感豊かな歌が得意な歌人。しかし配流後には人生を振り返る哀感深い歌が多くなり、自身の実感を重視する歌人。

宮廷の華やかな空間で歌人たちが題詠の技術を競い合う世界から、波風の荒い異空間に放り出された独りの世界へ。環境のその激変が歌人後鳥羽院の二つの顔を生んだ。

どちらの後鳥羽院に惹かれるか。パネル討論では、新古今の後鳥羽院よりも遠島百首の後鳥羽院への共感が多かった。近代以降の短歌は自分の心を詠う世界だから、その基準が後者への共感には作用している。

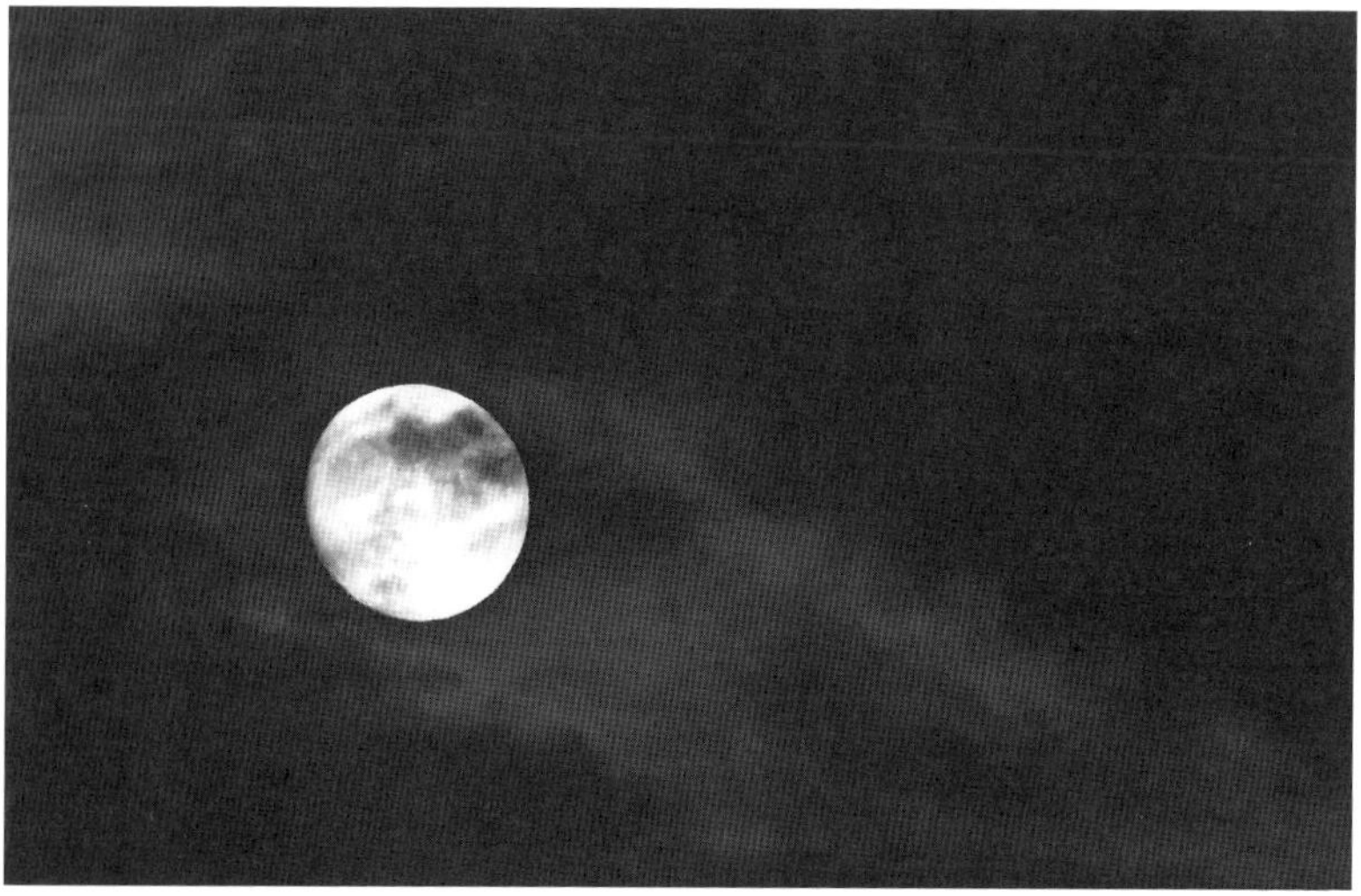

承久の乱で敗れたことが歌人後鳥羽院歌の深みに繋がった。そう言ったら松也演じる後鳥羽院に「許せん」と叱られるだろう。いい歌よりもいい人生の方が大切だから。なにがいい人生かは単純に決められないが。

超高齢化と戦争とコロナ禍。先行きの見えない日々を生きている私たちの世界は、後鳥羽院の軌跡とそう違わないとも感じる。「知らぬは人の行末の空」は私たちの心でもあるのではないか。

空にあずける

歳晩のあけぼののすぎを……　三枝昂之

サイモンとガーファンクルに「冬の散歩道」という曲がある。歌としては悪くないが、もう少し静かな曲にしてほしいと感じる。彼らのベストは私なら「スカボロー・フェア」だ。

その冬の散歩道、私が一番好きなのは筑波大学のあけぼのすぎ通りがすずかけ通りに続く道。多摩丘陵に住んでいる男がなぜ遠い茨城県つくばなのかと思う人もいるだろうが、まあ、これが縁というものだろう。

息子が筑波大学で学んだ六年間が縁の一つだ。折々に息子を訪ね、大学図書館もよく利用した。前身の東京教育大学から百五十年、所蔵資料が豊富でうれしいのだ。広いキャンパスも探索、あけぼのすぎ通りとすずかけ通りに出会ったのである。

もう一つの縁は茨城県で土浦市に編入合併する前の新治村時代から続いている「常陸国・小野小町文芸賞」の短歌部門の選者を務めていること。小野小町が京から奥州へと旅する途中に寄った小野村（後に新治村）で病に倒れたという伝説があり、小町にちなむ文芸賞が設定されたのである。新治村はつくば市に隣接、選考会のあとに筑波大学に寄る機会にもなったのである。先月は十二月二十四日午前の表彰式に参加する必要があり、つくばに前泊、筑波大学図書館で調べ物をして冬の散歩道を楽しんだ。

筑波大キャンパスの並木道には和名が付けられている。ゆりのき通り、けやき通り、かえで通り、そして、あけぼのすぎ通り、すずかけ通り。

学名か和名か。筑波大学教授だった平岡敏夫氏から議論の末に和名に決めたと教えていただいた。「あけぼのすぎ通りからすずかけ通りへ」と「メタセコイア通りからプラタナス通りへ」。同じ道でも前者はまっすぐ空を指す姿や鈴のような実が揺れる風景が浮かんでくるが、後者はなにか洋風でおしゃれな気配、感触がかなり違う。風景に近しい前者を選んだ大学の判断をよしとしたい。

その二つの通りはキャンパスの外周に位置するから、人はほとんど通らない。落葉を終

冬のあけぼのすぎ通り

えてすべての枝が空を指す簡素な冬のあけぼのすぎは実に美しい。その静かな並木を楽しみ、澄んだ冬空を仰ぐと、身体の芯まで透明になってゆく。ここではなにも考えずに風景と一つになる。まっすぐ進み、左に折れてもあけぼのすぎ通りはなお続くが、やがて枝に鈴が揺れるすずかけ通りとなる。冬空に残る鈴が健気でいとおしい。

歳晩のあけぼのすぎを歩みゆく空におのれを預けるために　昂之
すずかけの枯葉を踏んで不確かな去年今年の境を超える　同

ときおり自転車を漕いで学生が追い抜く。広いこのキャンパスに自転車は必需品だ。その姿に遠い日の息子の青春を重ね、自然豊かな環境で学ぶ若者たちの幸福を思う。ここに来ると彼らに刺激されて、学ぶことを忘れない自分でありたいと心をあらたにする。この冬の散歩道は、年齢を重ねながらもなお青春を取り戻す場所でもある。
二十四日の表彰式が終わったときに、「三枝一二三をご存じですか」と声をかけられて驚いた。高校生長瀬みゆさんが俳句で入選、付き添いのお母さんが私の叔父の名前をだしたから。幼い日に何度か会った叔父はよく覚えている。聞けば二人は叔父の孫とその娘。孫の真弓さんは甲府で育ち、東京で家族と暮らしているとのこと。早速記念写真を撮り、兄や弟の浩樹にメールで報告した。

思いがけない出会いも短歌俳句がもたらしたもの。いいクリスマスイブとなった。

厄災の日々のなかのもの想い――あとがきに代えて

不思議な三年間に綴った連載となった。これもめぐり合わせというものだろう。

また気軽で読みやすいエッセイの連載を、と山梨日日新聞の清水健氏から御提案をいただいたのは令和元年の夏だった。うれしい依頼だから、それでは翌年一月から、と始めたのがこの連載である。毎月一度の一回目、令和二年一月は村岡花子の新春風景、二月は飯田龍太の早春の甲斐。季節を楽しみ、詩歌を自由に味わってゆくはずのスタートだった。

ところが二月三日に横浜沖に停泊したクルーズ船ダイヤモンド・プリンセス号で新型コロナウイルス感染が相次ぎ、事態はクルーズ船にとどまると思っていたのに、たちまち日本中に広がった。それから自粛を強いられるコロナ禍の暮らしとなったのはご存じの通りだ。追い打ちをかけるように、去年令和四年二月からのロシアによるウクライナ侵攻。国連常任理事国が国連憲章を平気で無視する暴挙には驚いた。経済戦争の様相も呈して、暮らしへの影響も深刻だ。そしてどちらも今なお続いている。

コロナ禍を反映して、連載五回目は急に売れ出したカミュの『ペスト』から佐佐木信綱の短歌へ広げる「試される日々」。去年四月は戦火のウクライナを主題にして映画「ひまわり」を話題にした。

平成十五年七月から十七年六月までの連載が一冊になった『こころの歳時記』は、少年時からの私の心に刻まれている日々を呼び戻すことが中心だった。「ほたる」「おはぐろとんぼ」「空の花火」とタイトルを思い出すだけでわが少年時代が蘇る。

詩歌の豊かさを楽しむはずの今回は、結果的にコロナ禍と侵略戦争という厄災の時代を反映した仕事となった。予想外の展開だが、これも暮らしと不可分の文芸の宿命だろう。書き手には思いがけない事態を受け止める柔軟性も求められ、そのためのタイトル〈ことばの木もれ日〉だと思いたい。

それでもここにはこの三年間の折々の私が生きている。山梨県立文学館の企画展のこと、それに関連して辻村深月さんや林みよ治さんのこと、歌会始のこと、大切な行きつけだったレストラン「スコット」のこと、などなど。書くことによって、そして短歌にすることによって、この日々は私の中に永久保存される。やはり文芸は楽しい。この一冊をお読みになる方がそう感じて下さるとうれしい。

文化・くらし報道部を束ねる多忙な立場にありながら、清水健氏は文章のチェックや添える写真などの選択など、月に一度の掲載を直接担当して下さっている。出版部の風間圭氏は前回の『こころの歳時記』に続いての担当、単行本化へのもろもろを細やかに支えていただいた。お二人に心からお礼申し上げる。

この一冊が少しでも、文学と山梨県立文学館への関心に繋がることを念じつつ。

令和五年二月十二日　　三枝昻之

本書は山梨日日新聞に連載中の「ことばの木もれ日」より令和二年一月～令和五年一月までの掲載稿に加筆してまとめたものです。ただし、本文中の社会状況等は執筆・連載時のままとしました。なお、一部の引用には今日では適切でないと思われる語句・表現もありますが、作品の価値及び成立当時の背景を鑑み、概ね原文の通りとしました。

三枝昂之　さいぐさ・たかゆき
昭和19（1944）年山梨県甲府市生まれ。早稲田大学在学中に「早稲田短歌会」で活動、卒業後に同人誌「反措定」、平成4（1992）年に歌誌「りとむ」を創刊。現在、「りとむ」発行人、宮中歌会始選者、日本経済新聞歌壇選者、山梨日日新聞新春文芸短歌選者。歌集に『甲州百目』『農鳥』『天目』『遅速あり』など、評論集に『前川佐美雄』『啄木再発見』『昭和短歌の精神史』など。現代歌人協会賞、若山牧水賞、やまなし文学賞（研究・評論部門）、芸術選奨文部科学大臣賞、斎藤茂吉短歌文学賞、野口賞、角川財団学芸賞、神奈川文化賞、現代短歌大賞、迢空賞、日本歌人クラブ大賞、紫綬褒章、旭日小綬章他を受賞。平成25（2013）年より山梨県立文学館館長を務めている。

ことばの木もれ日

令和五年四月十二日　第一刷発行

著　者　三枝昂之

発行所　山梨日日新聞社
〒400-8515
山梨県甲府市北口二丁目6-10
電話　055-231-3105（出版部）
https://www.sannichi.co.jp/

印刷・製本　電算印刷株式会社

ISBN978-4-89710-691-5
JASRAC 出2301250-301